Henri: Arnaud putzt sich die Zähne.

Sonja: Aber danach schälst du ihm einen Apfel.

Ines: (lacht liebenswürdig) O nein. Nein! Wenn Sie ihm nach den Zähnen einen Apfel schälen, heben Sie das ganze System auf.

Henri: Wenn ich mir die Hände wasche, ist es selten, dass ich hinterher nichts mehr anrühre.

Hubert: Bravo, Henri. Sie bringen uns mit ihren Theorien um. Es müsste Frauen geben, die man von Zeit zu Zeit abschalten kann.

Hubert: Nach der Religion und der Philosophie läuft jetzt die Wissenschaft hinter der Einheit her. Vergebliches Hinterherlaufen oder gelobtes Land?

Henri: Wer kann das sagen?

Sonja: Was bringt eine einheitliche Theorie?

Hubert: Gute Frage. Sehr gute Frage, ich glaube nicht, dass man in solchen Begriffen reden darf, es geht um Verlust. Wir trauern einer Welt ohne Trennung nach, wir leben in der Sehnsucht nach einer verlorenen Totalität…

Ines: Nun, ich, stellen Sie sich vor – ich habe genauso viel getrunken wie Sie, Henri, also wag ich es – ich glaube keineswegs, auch auf die Gefahr hin, dass alle darüber lachen, aber mein Mann feixt oder seufzt sowieso, sobald ich den Mund aufmache –, unsere Ehe geht den Bach runter, geben wir's doch zu –, ich glaube keineswegs, dass der Mensch ein Nichts im Universum ist. Was wäre das Universum ohne uns? Ein Ort des Trübsinns, der Düsternis, ohne ein Gramm Poesie. Wir haben es benannt, wir, die Menschen haben in diesen Wirrwarr Löcher gegraben, tote Lichter hineingesetzt, die Unendlichkeit, die Ewigkeit.

Hubert: Glauben Sie das nicht, Henri, es ist doch nicht unangenehm etwas von der Privatsphäre eines Paares mitzubekommen.

Henri: Sie hätten an ein weniger durchschnittliches Muster geraten können.

Hubert: Genau das ist ja das Aufregende. Die durchschnittliche Privatsphäre. Man kann seinen Geist nicht immer in den oberen Regionen halten.

Ines: Ich persönlich bin geistig motivierter bei einer Diskussion über die Zweckmäßigkeit eines halben Fingers als über die Abplattung der Galaxien.

Yasmina Reza

Drei Mal Leben

Aus dem Französischen von
Eugen Helmlé

Libelle

Personen:
Henri, Sonja, Hubert Finidori, Ines Finidori
(zwischen 40 und 50 Jahren)

Abend

Ein Wohnzimmer.

So abstrakt wie möglich. Weder Wände noch Türen: wie nach oben geöffnet. Worauf es ankommt, ist die Vorstellung des Wohnzimmers.

Sonja sitzt im Morgenrock da. Sie liest Akten.
Henri erscheint.

Henri: Er will einen Keks.

Sonja: Er hat sich gerade die Zähne geputzt.

Henri: Er verlangt einen Keks.

Sonja: Er weiß genau, dass es im Bett keine Kekse gibt.

Henri: Sag du ihm das.

Sonja: Warum hast du's ihm nicht gesagt?

Henri: Weil ich nicht weiß, dass es im Bett keine Kekse gibt.

Sonja: Wieso weißt du nicht, dass es im Bett keine Kekse gibt? Es hat noch nie Kekse gegeben, es hat noch nie etwas Süßes im Bett gegeben.

Sie geht hinaus.
Kurze Pause. – Das Kind weint. Sie kommt zurück.

Henri: Was hat er?

Sonja: Er will einen Keks.

Henri: Warum weint er?

Sonja: Weil ich Nein gesagt habe. Er ist ein grässlicher Dickkopf.

Henri: (nach einer kurzen Pause) Gib ihm einen halben Apfel.

Sonja: Er will keinen halben Apfel, er will einen Keks, aber er bekommt sowieso nichts. Im Bett wird nicht gegessen, man isst bei Tisch, und nicht im Bett, nach dem Zähneputzen, und jetzt möchte ich diese Akten durchsehen, ich habe morgen früh um zehn Uhr eine Aufsichtsratssitzung.

Das Kind weint immer noch.
Henri geht hinaus. Das Kind hört auf zu weinen.
Henri kommt zurück.

Henri: Er ist einverstanden mit dem halben Apfel.

Sonja: Er bekommt weder Apfel noch sonst was, im Bett wird nicht gegessen, und damit Schluss.

Henri: Sag du ihm das.

Sonja: Hör auf.

Henri: Ich hab zum Apfel Ja gesagt, ich glaubte, der Apfel sei möglich. Wenn du Nein sagst, dann geh und sag ihm das.

Sonja: (nach einer Weile) Bring ihm einen halben Apfel und sag ihm, dass du es ohne mein Wissen tust. Sag ihm, dass ich dagegen bin, und dass du es nur tust, weil du Ja gesagt hast, dass ich es aber nicht wissen darf, denn ich bin radikal dagegen, dass im Bett gegessen wird.

Henri: Soll ich ihn schälen?

Sonja: Ja.

Er geht hinaus.
Nach einer Weile kommt er zurück.

Henri: Er will, dass du mit ihm schmust.

Sonja: Ich hab schon mit ihm geschmust.

Henri: Geh noch mal und schmus ein bisschen mit ihm.

Sonja: Wie oft werden wir noch in sein Zimmer gehen?

Henri: Nur ein in bisschen schmusen. Ich habe ihn beruhigt, er wird schlafen.

Sie geht hinaus. Kurze Zeit vergeht.
Das Kind weint. Sie kommt zurück.
Setzt sich schweigend hin. Nimmt sich wieder ihre Akten vor.

Henri: Was hat er denn jetzt?

Sonja: Er will den ganzen Apfel.

Kurze Zeit vergeht.
Jeder nimmt wieder seine Beschäftigung auf.

Henri: Warum geben wir ihm nicht den ganzen Apfel? Es ist doch gut, dass er Obst mag.

Sonja: Er bekommt nichts mehr.

Henri: Wenn du willst, schäl ich ihn und bring's ihm.

Sonja: Verwöhn ihn nur. Es ist mir wurscht. Es interessiert mich nicht mehr.

Henri: (in Richtung Kind) Arnaud, mach heia!

Sonja: Er ist zum Kotzen.

Henri: Mach heia!

Sonja: Je öfter du heia schreist, umso aufgedrehter wird er.

Henri: Wir werden nicht den Abend damit verbringen, ihn flennen zu hören. Ich verstehe diese Strenge nicht. Was ändert so ein Äpfelchen schon gemessen an der grauen Vorzeit?

Sonja: Wenn wir beim Apfel nachgeben, weiß er, dass wir am Ende bei allem nachgeben.

Henri: Wir brauchen ihm nur zu sagen, dass wir heute Abend beim Apfel nachgeben, nur heute Abend, aus reiner Freundlichkeit und weil wir sein Gejammer leid sind.

Sonja: Bestimmt nicht, weil wir sein Gejammer leid sind!

Henri: Ja, natürlich, das wollte ich auch sagen, wir geben in Zukunft nicht mehr nach, vor allem nicht, wenn er anfängt zu jammern, sobald es nicht nach seinem Kopf geht, dann stellen wir uns nämlich stur.

Sonja: Ihm zu sagen, dass wir sein Gejammer leid sind, ist der schlimmste Satz, den du finden konntest. Es ist unvorstellbar, dass du einen solchen Satz überhaupt aussprechen kannst.

Henri: Wir sind sein Gejammer leid als Oberbegriff. Wir haben genug davon, ihn jammern zu hören, ganz allgemein.

Sonja: Daher der ganze Apfel.

Henri: Daher der Apfel, daher der allerletzte Apfel als Ausnahme.

Sonja liest.
Henri geht hinaus.
Ganz schnell hört das Kind zu flennen auf. Henri kommt zurück.

Henri: Er ist zufrieden. In Wirklichkeit, weißt du, ich glaube, dass er tatsächlich Hunger hatte. Ich habe ihm klargemacht, dass er unbedingt sein Verhalten ändern muss. Unbedingt. Er will schmusen. Nur ein bisschen schmusen.

Sonja: Nein.

Henri: Ein bisschen schmusen.

Sonja: (äfft ihn albern nach) … ein bisschen schmusen.

Henri: Ich habe ihm gesagt, dass du kommst.

Sonja steht auf.

Henri: (in Richtung Kind) Mama kommt!

Sonja geht hinaus.
Henri bleibt allein zurück.
Das Kind fängt ziemlich schnell zu weinen an.
Sonja kommt zurück.

Sonja: Ich werde kein einziges Mal mehr zu ihm gehen, dass du es weißt.

Henri: Was ist los? Jedes Mal, wenn du zu ihm gehst, weint er.

Sonja: Was soll das heißen?

Henri: Ich weiß nicht. Jedes Mal, wenn du in sein Zimmer gehst, fängt er wieder an zu weinen.

Sonja: Ja und?

Henri: Wenn ich zu ihm gehe, beruhigt er sich, macht Anstalten, brav einzuschlafen.

Sonja: Und wenn ich zu ihm gehe, schreit er wie am Spieß.

Henri: Was hast du zu ihm gesagt?

Sonja: Dass er schreit wie am Spieß.

Henri: Hör mal, du musst doch zugeben, dass es merkwürdig ist, man könnte meinen, dass du ihn jedesmal nervst.

Sonja: Weißt du, was er wollte? Er wollte nicht, dass ich »ein bisschen mit ihm schmuse«, er wollte eine Geschichte. Er wollte eine vierte Geschichte hören, während er seinen Apfel isst.

Henri: Arnaud, mach heia!

Sonja: Schnauze, Arnaud!

Henri: Wie sprichst du mit ihm?

Sonja: Halt's Maul, Arnaud!

Henri: Du hast sie nicht alle!

Sonja: Er ist still. Siehst du.

Henri: Er ist still, weil er geschockt ist.

Sonja: Du jedenfalls schockst niemanden. Weder deinen Sohn noch Hubert Finidori.

Henri: Hubert Finidori – ich versteh den Zusammenhang nicht

Sonja: Ich möchte dich gern auf Band aufnehmen, wenn du am Telefon mit ihm sprichst. Dieser unterwürfige, zuvorkommende Ton.

Das Kind: (aus dem Kinderzimmer) Papa!

Henri: Ja, mein Schatz. *(im Hinausgehen)* Du wirst mir noch erklären, was Hubert Finidori in diesem Gespräch verloren hat.

Sonja setzt ihre Lektüre fort.
Henri kommt zurück.

Henri: Er ist völlig verstört. *(Sie reagiert nicht.)* Er kann dieses brutale Verhalten vonseiten einer Mutter nicht verstehen.

Sonja: Der arme Schatz.

Henri: Sonja, wenn du in diesem Ton fortfährst und der andere da uns weiterhin auf den Wecker geht, bin ich weg.

Sonja: Verzieh dich.

Henri: Ich verziehe mich und komme nicht wieder.

Sonja: Wer hält dich zurück?

Henri reißt Sonja die Akten aus den Händen und wirft sie auf den Boden.

Henri: Geh und gibt dem Kleinen einen Kuss, sag ihm, dass du die Unverhältnismäßigkeit deiner Worte bedauerst.

Sonja: Lass mich los!

Henri: Ich lasse dich nicht los, bevor du dich nicht entschuldigt hast.

Sonja: Für was entschuldigen? Könntest du nicht ein einziges Mal in deinem Leben auf meiner Seite sein! Für was entschuldigen? Dass ich ihm nicht eine Schachtel Fingers gebracht habe? Willst du eine Schachtel Fingers, Arnaud?

Henri: Du bist hysterisch!

Sonja: Willst du die Fingers, Arnaud!

Henri: Hör auf!

Sonja: Papa kommt mit den Fingers!

Henri versucht, ihr mit der Hand den Mund zuzuhalten.

Das Kind: (aus seinem Zimmer) Papa!

Henri: Es reicht, Arnaud! *(Sie ringen.)*

Sonja: Warum sagst du zu ihm »es reicht«, der Ärmste, wir sind es doch, die ihm die Fingers anbieten!

Henri: Pst!

Sonja: Ich bekomme keine Luft mehr!

Henri: Er hört alles!

Sonja: Hilfe!

Wir verlassen sie plötzlich, in voller Aktion.

***

Abend.
Auf der Straße.

Ines: Meine Strumpfhose hat eine Laufmasche!

Hubert: Das sieht man nicht.

Ines: Das ist nur der Anfang. Es wird immer schlimmer werden.

Hubert: Das macht nichts.

Ines: Hubert, ich gehe nicht mit einer Laufmasche zu Leuten, die ich nicht kenne.

Hubert: Wir haben schon eine halbe Stunde Verspätung, wir können weder nach Hause gehen noch in der Nacht einen Strumpfladen suchen. Finden wir uns mit der Sache ab.

Ines: Du hast mich gedrängt, jetzt hast du's! Ist es noch weit? Warum hast du so weit weg geparkt? Hier gibt's Plätze so viel du willst, wer will da schon wohnen?

Hubert: Hast du keinen Nagellack dabei?

Ines: Nagellack?

Hubert: Um die Laufmasche zu stoppen.

Ines: Um wie eine Pennerin auszusehen?

Hubert: Es ist zwanzig nach neun.

Ines: Ich kann nicht mit einer Laufmasche ankommen!

Hubert: Wer sieht das schon?

Ines: Wer das sieht? Alle, außer dir, wenn zu mir jemand mit einer Laufmasche kommt, ist das Erste, was ich sehe, die Laufmasche.

Hubert: Dann sag zu Henris Frau, im Aufzug sei dir in deiner Strumpfhose gerade eine Masche gefallen, und dass dir das sehr peinlich ist, mit etwas Glück wird sie dir eine leihen, Ines, diese Leute sind uns völlig wurscht, er hat seit drei Jahren nichts mehr veröffentlicht, er braucht meine Unterstützung, um Forschungsdirektor zu werden, ob du mit einer Laufmasche ankommst oder nicht, sie kriechen jetzt schon vor uns.

***

Wieder bei Sonja und Henri.

Sie kommen zusammen aus dem Kinderzimmer zurück.

Henri: Du hast ihm eine panische Angst eingejagt.

Sonja: Henri, wir haben gerade darüber gesprochen, wir wollen nicht wieder davon anfangen.

Henri: Ein sechsjähriges Kind hört seine Mutter um Hilfe schreien. Überleg doch mal.

Sonja: Er ist beruhigt, und damit Schluss.

Henri: In der eigenen Wohnung! In der eigenen Wohnung! Das bedeutet doch, dass der Angreifer nur ich sein kann. Sein Vater.

Sonja: Arnaud ist einverstanden, dass es nur Spaß war.

Henri: Um uns eine Freude zu machen. Er ist sehr viel schlauer, als du denkst.

Sonja: Das Thema ist abgehakt. *(Sie vertieft sich wieder in ihre Akten.)*

Henri: Ich spreche also in unterwürfigem Ton mit Hubert Finidori?

Es klingelt.

Sonja: (leise) Wer ist das?

Henri: (ebenso) Ich werde nachsehen.

Er kommt sofort wieder zurück.
Alles, was nun folgt, mit leiser Stimme:

Henri: Die Finidoris!

Sonja: Das ist morgen!

Henri: Wir haben den 17. … Es ist heute Abend.

Sonja: Das ist eine Katastrophe.

Henri: Ja.

Sonja: Haben sie uns gehört?

Henri: Was haben wir gesagt?

Sonja: Wir können nicht öffnen.

Henri: Wir können nicht nicht öffnen.

Sonja: Was sollen wir tun?

Henri: Geh dich … geh dich ein wenig zurechtmachen.

Sonja: Öffnen wir?

Henri: Sie wissen, dass wir da sind.

Sonja: Das ist eine Katastrophe.

Henri: Ist noch etwas in der Küche?

Sonja: Wir haben alles aufgegessen. Für mich war es morgen.

Henri: Dieses Abendessen ist für mich von größter Bedeutung!

Sonja: Du beschuldigst mich!

Henri: Zieh dich wenigstens um.

Sonja: Nein.

Henri: Du wirst die Finidoris nicht im Morgenrock empfangen!

Sonja: Doch.

Henri: (Er schiebt sie in den hinteren Teil der Wohnung, wobei er versucht, keinen Lärm zu machen.) Geh dich anziehen, Sonja!

Sonja: (Sie widersteht seinem Druck.) Nein.

Henri: (Sie kämpfen schweigend.) Wie kannst du nur so egoistisch sein?

Es klingelt von neuem.

Henri: Ich mache auf.

***

Ines, Hubert, Sonja und Henri im Wohnzimmer.

Die beiden Gäste knabbern verschiedene kalte Speisen (Chips, Babybel, eine Schachtel Fingers usw. ...), die auf einem Tablett liegen. Sonja und Henri tun das Gleiche und trinken dazu.

Sonja hat sich umgezogen. Ines hat ihre Strumpfhose mit der Laufmasche anbehalten.

Ines: Auch ich nehme es mit dem Ritual des Zubettgehens sehr genau. Zuerst einmal die Zeit, um acht Uhr wird zu Bett gegangen, na schön, es kann auch halb neun werden, also schön, sagen wir zwischen acht Uhr und halb neun, um acht Uhr dreißig liegt man, egal, was kommt, im Bett, die Zähne superblank geputzt, weil, morgens, mal ehrlich, finde ich es schwierig, vor der Schule das Zähneputzen zu verlangen, ich gebe zu, das ist ein Fehler, in Wirklichkeit müsste man sich mindestens jeden Morgen und jeden Abend die Zähne putzen, aber gut, ich lasse den Morgen aus, dafür wissen sie aber, dass es abends wirklich gründlich ist und hinterher etwas zu essen kommt natürlich überhaupt nicht in Frage, Hubert, es ist seltsam, er ist zwar mit den Grundlinien der Erziehung einverstanden, aber andererseits macht er sie ganz zappelig, wenn er ein Fußballspiel mit ihnen anfängt, im Schlafzimmer, abends um acht Uhr.

Alle lachen.

Hubert: Einmal. Einmal habe ich Fußball gespielt!

Ines: Einmal hast du Fußball gespielt, aber du machst sie regelmäßig zappelig.

Henri: Und sind Sie sehr streng bei den Zähnen?

Ines: Und wie. Ja, sehr streng bei den Zähnen. Es sind nicht so sehr die Zähne, es ist die Disziplin. Obwohl ich es natürlich auch mit der Hygiene peinlich genau nehme, aber die Zähne, das ist die Disziplin. Man geht zu Bett, man putzt sich die Zähne.

Sonja: (zu Henri) Siehst du!

Henri: Arnaud putzt sich die Zähne.

Sonja: Aber danach schälst du ihm einen Apfel.

Ines: (lacht liebenswürdig) O nein. Nein! Wenn Sie ihm nach den Zähnen einen Apfel schälen, heben Sie das ganze System auf.

Henri: Wenn ich mir die Hände wasche, ist es selten, dass ich hinterher nichts mehr anrühre.

Hubert: Bravo, Henri. Sie bringen uns mit ihren Theorien um. Es müsste Frauen geben, die man von Zeit zu Zeit abschalten kann. Nicht schlecht, diese Kekse. *(Er knabbert die Fingers.)* Na, wie weit sind Sie mit der Abplattung der Halos?

Henri: Ich bin fertig. Ich reiche den Artikel noch vor Ende des Monats ein.

Hubert: Toll. Im Übrigen, Sie sollten auf Astro PH einmal nachprüfen, es ist mir so vorgekommen, als hätte ich dort eine ähnliche Veröffentlichung gesehen.

Das Kind: (aus dem Schlafzimmer) Mama!

Henri: (aufs Höchste bestürzt) Ach ja? Ganz neu also?

Hubert: Ja, ja, heute morgen. »On the flatness of galactic halos«.

Das Kind: Mama!

Henri: »On the flatness of galactic halos«? Das ist mein Thema! Was will er, Sonja, geh bitte zu ihm, mein Liebling!

Sonja geht hinaus.

Henri: Sie bringen mich völlig durcheinander, Hubert.

Hubert: Sehen Sie erst nach, bevor Sie sich verrückt machen.

Henri: Ich habe meinen Laptop im Institut gelassen!

Man hört das Kind weinen.

Henri: Was hat er nur heute abend! »On the flatness of galactic halos«, das ist mein Thema! »Are the dark matter halos of galaxies flat«?! Wo ist da der Unterschied?

Hubert: Er handelt vielleicht von der sichtbaren Materie. Ich habe den Abriss nur flüchtig durchgelesen. *(knabbert den letzten Keks)* Aber ich muss sagen, dass es mich doch etwas irritiert hat, deshalb setze ich Sie davon in Kenntnis.

Ines: (während man das Kind weinen hört) Es ist besser, er liest es erst einmal, bevor er sich Sorgen macht.

Hubert: Ines, mein Liebes, schalte dich nicht ein, wenn du nicht weißt, wovon du sprichst.

Henri: (laut) Was ist los, Sonja!

Ines: Warum ihn schon vorher beunruhigen?

Sonja kommt zurück.
Das Kind hat aufgehört zu weinen.

Sonja: Er will Fingers.

Henri: Das ist doch wahnsinnig.

Sonja: Er hat den Apfel bekommen, jetzt will er Fingers haben.

Hubert: (hebt die leere Schachtel hoch) Ich hoffe, das sind nicht die Leckereien, die ich gerade gegessen habe?

Sonja: Doch.

Henri: Sie haben sehr gut daran getan! Wir werden ihm doch keine Fingers geben, um zehn Uhr abends. Im Bett!

Hubert: Tut mir Leid. Hatten Sie keine andere Schachtel mehr?

Ines: Nun hör mal, Hubert, sie werden ihm doch keine Fingers geben, um zehn Uhr abends. Im Bett!

Henri: Natürlich nicht!

Sonja: Wir können ihm Käse geben.

Henri: Sonja, bist du noch zu retten?

Sonja: Ist dir lieber, dass er uns den Abend verdirbt? So haben wir wenigstens unsere Ruhe.

Ines: Genau darauf wartet er.

Sonja: Wie bitte?

Ines: Er ist nur unausstehlich, damit Sie nachgeben.

Sonja: Und wir geben nach.

Ines: Und das ist ein Fehler.

Hubert: Ines, ich bitte dich, misch dich da nicht ein …

Ines: Ich mische mich ein, in was ich will, hör auf, über mich zu bestimmen!

Henri: (zu Sonja) Bring ihm seinen Käse, bring ihm, was du willst, aber er soll aufhören, uns zu unterbrechen! Wie war sein Approach? Numerikale Modelle oder CDM-Simulationen?

Hubert: Mir kam es vor wie ein Modellverfahren, aber wie gesagt…

Henri: (unterbricht ihn) Modellverfahren! Ich bin erledigt. Zwei Jahre Arbeit für die Katz.

Hubert: Warum so nervös, Henri! Ich sage, ein Modellverfahren, aber vielleicht ist es auch eine CDM-Simulation und, warten Sie ab, vielleicht hat er nur den sichtbaren Teil anhand von numerikalen Modellen beschrieben!

Ines: Und was ist Ihr Thema, so, dass man's versteht?

Henri: Sind die Halos aus dunkler Materie der Galaxien flach?

Ines: Und, sind sie Ihrer Meinung nach flach?

Henri: Meiner Meinung nach sind sie zehnmal dünner als lang.

Ines: Ach so…

Sonja: (kommt zurück) Er will keinen Käse, er will nichts, er will Fingers, und machen Sie sich absolut nichts daraus, dass Sie die Schachtel aufgegessen haben, er hätte sowieso nichts bekommen.

Henri: Was macht er?

Sonja: Er weint. Ich habe alle Türen zugemacht, auf die Weise hören wir ihn nicht mehr.

Ines: Ach, der Ärmste.

Sonja: Haben Sie genug gegessen? Ich muss mich wirklich schämen.

Henri: Wenn wir Arnaud nicht gehabt hätten, hätten wir Sie ins Restaurant eingeladen.

Hubert: Henri, nun machen Sie nicht so ein finsteres Gesicht. Selbst wenn sein Approach und der Ihre ähnlich sind, was sich erst noch erweisen muss, sind Ihre Schlussfolgerungen ganz bestimmt verschieden.

Ines: Aber ja!

Hubert: Das sagt Ihnen eine Spezialistin!

Ines: Darüber muss niemand lachen. Und am allerwenigsten der arme Henri.

Hubert: Ich weiß, wie man Henri zum Lachen bringt! Henri, wenn Sie lachen wollen, bitten Sie Ines, Ihnen ein Halo zu beschreiben.

Sonja: Wissen Sie, Henri hat seine geistig Zurückgebliebene bereits zu Hause.

Ines: Sie glauben doch nicht, dass mich das beleidigt!

Henri: Dieser Artikel ist mein wissenschaftlicher Tod. Es beunruhigt mich, dass ich den Kleinen nicht mehr höre. Lass bitte die Türen offen, Sonja, ich habe schon genug Sorgen heute Abend!

Ines: Was soll denn passieren?

Henri: Nichts. Aber wenn mein Sohn weint, ist es mir lieber, ich höre ihn.

Sonja: Du vielleicht, aber nicht unbedingt unsere Gäste.

Ines: Lassen Sie die Türen offen, nur keine Umstände unseretwegen.

Hubert: Nur keine Umstände unseretwegen. *(Sonja geht wieder ins Kinderzimmer zurück.)* Jedenfalls kommen Sie mir heute Abend ein bisschen empfindlich vor, alter Freund. Wissenschaftlicher Tod!

Sonja kommt zurück. Man hört das Kind nicht.

Henri: Drei Jahre lang nicht veröffentlicht, und dann wird dir ein Thema abgelehnt, weil bereits darüber geschrieben wurde, wie nennt man das? Wissenschaftlicher Tod!

Hubert: Sie sind nicht in den Vereinigten Staaten!

Henri: Es ist schlimmer. Dort sind die Dinge wenigstens klar. Man hört ihn nicht mehr, hat er sich beruhigt?

Sonja: Es sieht so aus.

Henri: Hast du nicht gerade nach ihm gesehen?

Sonja: Nein.

Henri: Das ist nicht normal, dass er plötzlich aufhört zu weinen.

Ines: Sie verhätscheln ihn zu sehr, Henri.

Hubert: Sie ist furchtbar! *(zu Ines)* Du bist furchtbar!

Henri: Jetzt muss ich mit meiner Arbeit wieder von vorn anfangen, um die seine mit einzubeziehen. Ich werde ihn zitieren müssen, ich werde ihn zitieren müssen, und wer ist möglicherweise mein Gutachter? Er.

Hubert: Ja und? In sechs Monaten werden Sie zu mir sagen, er ist der beste Gutachter, den ich je gehabt habe. Sie sind am Ende Ihrer Kraft, alter Freund, dass Sie ein solches Drama daraus machen.

Ines: (zu Hubert) Aber du, warum hast du ihm von diesem Artikel erzählen müssen!

Henri: Zum Glück! Zum Glück hat er mir davon erzählt! Danke, Hubert. Aufrichtigen Dank.

Sonja: Danke wofür? Dass er dir dein Wochenende ruiniert hat?

Henri: Danke dafür, dass er mich aufklärt. Danke dafür, dass er mir erspart, am Montagmorgen im Büro für einen Hanswurst gehalten zu werden. Zum gegenwärtigen Zeitpunkt hat Raoul Arestegui, der vor seinem Bildschirm lebt, bestimmt schon zehnmal angerufen.

Hubert: Ganz ehrlich, ich war zwar der Meinung, dass man es Ihnen sagen muss, aber diesen Sprung ins Irrationelle habe ich nicht vorausgesehen.

Sonja: Sie hätten es ihm anders sagen können.

Hubert: Ach so? *(Hubert pickt in eine Packung Pistazien … leer).*

Henri: (beflissen) Sind keine mehr da? Sonja, kannst du etwas Salzgebäck bringen, möchten Sie noch Salzgebäck, was Salziges oder lieber was herzhaft Süßes? Was haben wir noch im Haus, mein Liebling?

Hubert: Nein, nein; keine Umstände …

Sonja: Sie hätten es ihm mit anderen Worten beibringen können, mit Worten, die ein Duft von Unschärfe und Unwichtigkeit im Raum hinterlassen.

Hubert: Wir befinden uns im Bereich der Wissenschaft, meine kleine Sonja. Von den Wörtern wird nicht verlangt, dass sie die Atmosphäre aromatisieren. Leider. *(Er amüsiert sich über seine Bemerkung und schließt Henri mit ein, der schüchtern lacht.)*

Sonja: In welchen Bereich Sie sich auch immer versetzten, die Wörter haben die Wirkung gehabt, meinen Mann in die größte Verzweiflung zu stürzen.

Hubert: Es sind die Fakten, die Henri in größte Verzweiflung stürzen. Eine völlig unverhältnismäßige Verzweiflung!

Sonja: Die von Ihnen dargelegten Fakten. Mit dem Ziel: seine Verzweiflung im Auge.

Henri: Du bist wahnsinnig. Aber Sonja, das ist doch lächerlich.

Hubert: (behält etwas grundsätzlich Joviales bei) Sie möchte ich im Gerichtssaal nicht als Kontrahentin haben!

Sonja: Dort bin ich schon seit Jahren nicht mehr, ich arbeite für eine Finanzgruppe.

Hubert: Aber Sie verstehen es immer noch, sich der Worte zu bedienen, die … wie noch? …

Henri: Sonja, unsere Freunde haben Hunger.

Sonja: Möchten Sie Appetithäppchen?

Ines: Nein danke.

Hubert: Ah, Appetithäppchen, da sag ich nicht nein, ich mag Appetithäppchen.

Sonja geht hinaus.

Henri: Einen kleinen Schnaps?

Hubert: Danke, ich bleibe beim Sancerre.

Ines: Ist es wichtig, dass die Halos flach sind?

Hubert: Weibliche Logik! Sie wirft mir zwar vor, dass ich was gesagt habe, aber sie bringt das Thema wieder aufs Tapet *(Sonja ist zurückgekommen.)* Appetithäppchen mit Speck! Die mag ich am liebsten!

Ines: Ist es wichtig?

Henri: Wenn Sie die Milchstraße betrachten, bildet sich da so etwas wie eine Scheibe? …

Ines: Ja.

Das Kind: Mama!

Sonja: Mach heia, Arnaud!

Henri: … Nun, ich habe gewichtige Gründe anzunehmen, dass die Verteilung der sie umgebenden unsichtbaren Materie fast ebenso flach ist wie die sichtbare Materie.

Das Kind: Mama! Ich habe Durst!

Henri: Er hat Durst.

Ines: Und was ändert das?

Henri: Alles. Bis zum heutigen Tag war der Halo rund. Er war kugelförmig! *(zu Sonja)* Willst du ihm nicht ein Gläschen Wasser bringen?

Sonja: Nein.

Ines: Und was ändert das, dass der Halo nicht mehr rund ist?

Henri: In unserem Alltagsleben nichts.

Hubert: Du langweilst ihn, Ines, mit diesen albernen Fragen!

Das Kind: Mama!

Henri: Man modifiziert eine gegebene Größe der Realität. Man trägt zur Enzyklopädie der Menschheit bei. Sonja, Liebling, bring ihm was zu trinken, er wird doch nicht den Abend allein bestreiten wollen!

Ines: Wie alt ist er?

Sonja: Sechs.

Ines: Kann er sich nicht allein was zu trinken holen?

Sonja: Nein.

Henri: Aber doch, er kann es sehr gut, bloß, wir wollen nicht, dass er aus dem Bett aufsteht.

Sonja: Er ist nicht imstande, sich allein was zu trinken zu holen.

Henri: Er ist durchaus imstande dazu, aber er darf nicht aus dem Bett aufstehen.

Sonja: Arnaud kann sich nicht allein was zu trinken holen.

Henri: Aber selbstverständlich kann er das!

Ines: Mit sechs Jahren kann man sich allein was zu trinken holen.

Sonja: Nicht unser Sohn.

Henri: Arnaud kann sich sehr wohl allein was zu trinken holen, was erzählst du da, Sonja!

Hubert: Meiner Meinung nach kann er es, aber er lässt sich lieber bedienen.

Henri: Genau so ist es!

Hubert: Er ist ein Pascha, der Kleine! *(Sonja geht hinaus.)* Habe ich sie gekränkt?

Henri: Aber nein.

Ines: Es ist ein Fehler, all seinen Launen nachzugeben.

Hubert: Halt dich raus, Ines.

Ines: Was heißt das, halt dich raus! Wer hat denn gerade gesagt, dass er ein Pascha ist?

Hubert: Ich sage das im Scherz, dass er ein Pascha ist. Ich erteile keine Lektionen.

Henri: Zwei Jahre Arbeit für die Katz.

Hubert: Henri, ich bitte Sie!

Henri: Drei Jahre nichts veröffentlicht, nicht einmal als der allerletzte Autor, in Amerika schickt man solche Leute in den Schuldienst.

Sonja kommt zurück und geht auf das Tablett zu; sie sucht etwas.

Sonja: Sind keine Appetithäppchen mehr da?

Henri: Für wen, für den Kleinen?

Sonja: Der Kleine hat sein Glas Wasser bekommen, und er ist bereit, uns nicht mehr auf den Geist zu gehen, wenn wir eine Portion Appetithäppchen abgeben.

Hubert: (sucht) Nun sagen Sie bloß nicht, dass ich die Appetithäppchen alle aufgegessen habe!

Henri: (findet) Da ist noch eins! Eins ist übrig geblieben.

Hubert: Zwei!

Henri: Zwei Appetithäppchen, das genügt doch, oder?

Sonja geht wieder hinaus mit den Appetithäppchen.

Ines: (zu Henri) Dachten Sie, dass Sie der Einzige sind, der auf diese Idee gekommen ist?

Hubert: Welche Idee, Liebling?

Ines: Hubert, bitte hör auf, meine Unterhaltung zu kontrollieren!

Hubert: Ich kontrolliere deine Unterhaltung nicht, mein Liebling, ich hatte deine Frage nicht verstanden …

Ines: Du hattest sie genau verstanden, und sie war auch nicht an dich gerichtet, und du hattest sie genau verstanden, und dieser ständige ironische Unterton bei allem, was ich sage, als sei ich debil, ist unerträglich.

Das Kind weint.

Hubert: Du bringst das Kind zum Weinen.

Henri: Was hat er, Sonja, verdammte Scheiße!

Hubert: Beruhigen Sie sich, beruhigen wir uns, das nimmt ja Ausmaße an.

Sonja: (kommt zurück) Zwei Appetithäppchen haben ihm nicht gereicht, jetzt hat er eine auf den Arsch bekommen, ich will jetzt nichts mehr von ihm hören.

Henri: Hast du die Türen geschlossen?

Sonja: Ja.

Kurze Pause.

Hubert: Wohnen Sie schon lange hier?

Sonja: Seit eineinhalb Jahren.

Hubert: Und vorher?

Sonja: Im vierzehnten Arrondissement.

Hubert: Hier ist es besser. Es ist ruhiger.

Sonja: Ja.

Hubert: Und Sie sind nicht mehr als Rechtsanwältin tätig?

Sonja: Nein.

Hubert: Henri hatte mir gesagt, dass Sie Rechtsanwältin sind, ich glaubte, Sie seien als Rechtsanwältin tätig.

Sonja: Ich habe eine Ausbildung als Rechtsanwältin.

Hubert: Verstehe.

Henri: Eine brillante Frau und ein Versager.

Hubert: Das haben wir jetzt nicht gehört!

Sonja: Und Sie, Ines, was machen Sie?

Ines: Nichts. Das heißt, alles Mögliche, ich bin noch nie so beschäftigt gewesen wie seit der Zeit, als ich aufgehört habe zu arbeiten.

Hubert: Deshalb bitte ich sie auch nie um etwas. Bitte nie jemanden um einen Gefallen, der nichts zu tun hat. Denn er hat keine Zeit dazu. *(Er amüsiert sich selber über seine Bemerkung.)*

Ines: Mein Mann kann sich nur auf meine Kosten amüsieren. Ich frage mich, was er ohne mich in Gesellschaft anfangen würde. *(zu Henri)* Sie haben nicht auf meine Frage geantwortet.

Henri: Die war?

Hubert: Ist das intergalaktische Plasma vielphasig? *(Er lacht ganz herzlich über seine Eulenspiegelei.)*

Sonja lacht gegen ihren Willen.
Henri lacht hinterher.
Ines ist aus Marmor.

Henri: (während die Heiterkeit der beiden andern nicht erlischt) Sie fragten mich, ob mein Thema von anderen in Erwägung gezogen worden war.

Ines: Danke, Henri.

Henri: Ich dachte, der Erste zu sein, der seine Lösung in Angriff nimmt. Auch wenn das Problem aktuell war.

Ines: Sie haben mir gesagt, dass Ihre Entdeckung heute nutzlos ist.

Hubert: Aktuell, mein Schatz, heißt, dass etwas in der Luft liegt, dass es im Geist der Zeit ist. Oh, sehen Sie mal, da ist noch ein Appetithäppchen!

Sonja: Essen Sie es.

Hubert: Sie scherzen, ich hab mir's schon genug mit dem Kind verdorben. Abgesehen davon, wenn es einmal so weit sein wird, dass man durch die Galaxien kurvt, in tausend Jahren, wird man sich auf Henris Berechnungen beziehen.

Henri: Oder auf die meines Konkurrenten.

Das Kind: (mit brüllender und herzzerreißender Stimme) Papaaa! Papaaaa! ...

Henri: O nein, jetzt reicht's aber, ich werde ihn bewusstlos schlagen! Entschuldigen Sie mich für zwei Minuten ... *(Er schickt sich an hinauszugehen.)*

Sonja: Ich komme mit.

Hubert: Geben Sie ihm das Appetithäppchen, geben Sie ihm das Appetithäppchen!

Absurderweise macht Henri kehrt und nimmt das Appetithäppchen. Sie gehen hinaus.
Ines und Hubert bleiben allein zurück.
Mit leiser Stimme:

Hubert: Die sind bescheuert.

Ines: Vor allem er.

Hubert: Das Kind ist ja furchtbar.

Ines: Es hat überhaupt keine Orientierung, sie geben ihm abends um zehn Uhr Käse.

Hubert: Und wir, wir haben Scheiße gefressen.

Ines: Warum setzt du mich vor den Leuten so herab? Ich möchte dieses pathologische Bedürfnis verstehen, das du hast, mich ständig vor den Leuten herabzusetzen.

Hubert: Ich setze dich nicht herab, ich mache Spaß.

Ines: »Bitten Sie Ines, Ihnen einen Halo zu beschreiben«, findest du das sehr komisch?

Hubert: Ich habe versucht, die Atmosphäre zu entspannen, du hast ja gesehen, in was für einen Zustand er geraten ist.

Ines: Durch wessen Schuld?

Hubert: Ines, ich ertrage diese Litanei nicht mehr …

Ines: Pst! …

Hubert: (Hubert fährt mit gedämpfter Stimme fort und wirkt dadurch noch gereizter.) … diese Litanei der Vorhaltungen, jedesmal, wenn wir irgendwohin gehen …

Ines: Musstest du ihm von diesem Artikel erzählen?

Hubert: Jetzt brüllst auch du.

Ines: Dieser Mensch ist sehr depressiv.

Hubert: Dazu würde schon weniger genügen.

Ines: Ach ja?!

Hubert: In einem Konkurrenzsystem kommt es nicht darauf an, dass man gute Ideen hat, sondern dass man bei dem Spiel gewinnt. Er kann seiner Beförderung schon Adieu sagen.

Henri: (off) Noch ein Wort, noch ein Ruf, und ich werde meine Drohung wahr machen!

Ines: Wie kannst du nur so kalt sein?

Hubert: Ich bin nicht kalt, er ist verdammt. Es gibt Leute, die sind verdammt, das ist zwar traurig, aber so ist es nun mal. Weißt du, dass diese Laufmasche wirklich unmöglich ist, sie stört mich schon den ganzen Abend, von Anfang an.

Ines: (verzweifelt versetzt sie ihm einen Schlag) Wer hat mich denn gezwungen hinaufzugehen? Ich wusste, dass es scheußlich aussieht ...

Sonja: (kommt zurück) Wer ist verdammt? Mein Mann?

Hubert: Henri? Verdammt? Das ist doch nicht Ihr Ernst! Er allein glaubt, dass er verdammt ist! Wir sprachen von einem Freund, Serge Bloch, der, nachdem er eine Überschwemmung hatte ...

Ines: (unterbricht ihn) Wir sprachen von Henri.

Hubert: (jovial) In diesem Haus ist heute der Wahnsinn ausgebrochen! Sie hasst mich, weil ich sie eben auf ihre Laufmasche aufmerksam gemacht habe.

Ines: (sehr lebhaft) Von wegen eben, diese Strumpfhose hatte schon auf der Straße eine Laufmasche, und ich wollte vor deinen Freunden nicht als Zigeunerin erscheinen, es war mir sehr peinlich, so bei Ihnen anzukommen, ich traf schon Anstalten, mich zu entschuldigen und Sie zu bitten, mir eine Strumpfhose zu leihen, aber weil es Ihnen selber peinlich war, dass wir schon am Tag zuvor statt am Tag danach gekommen sind, habe ich so getan, als ob nichts wäre, eine aristokratische Haltung, die mich einiges gekostet hat, denn wie Sie natürlich nicht wissen können, bin ich eine eher pingelige Frau, und mein Mann, statt mir auf diesem Weg eine Stütze zu sein, statt auf meine Würde zu achten, findet nichts Besseres, als mich mitten im Gespräch anzugreifen, mir zu sagen, diese Laufmasche sei unmöglich und ich hätte ihm den ganze Abend verdorben …

Hubert: Ich fürchte, Ines verträgt den vielen Sancerre nicht!

Ines: Erniedrige dich nicht so weit, mich als Säuferin hinzustellen, Hubert, begnüge dich mit deinen üblichen Späßen …

Sonja: Ich habe nur schwarze Strumpfhosen, ich habe keine fleischfarbenen mehr, ich weiß nicht, ob das ginge …

Ines: Alles in Ordnung. Machen Sie sich meinetwegen keine Gedanken, außerdem bin ich glücklich, in einer Aufmachung dazusitzen, die meinem Mann den Abend verdirbt …

Henri: (kommt zurück) Beim kleinsten Ruf, bei der kleinsten Äußerung lasse ich die Mini-Kassette verschwinden!

Hubert: Bravo!

Henri: Dieser Abend läuft ein bisschen auseinander? Es tut mir Leid.

Sonja: (zu Ines) Wissen Sie, das hat überhaupt keine Bedeutung, um Ihnen die Wahrheit zu sagen, ich hätte Sie beinahe im Morgenrock empfangen, Henri hat mich angefleht, mich umzuziehen, ich könne die Finidoris nicht im Morgenrock empfangen!

Hubert: Henri, was für eine Förmlichkeit!

Sonja: Nur bei Ihnen, meinem Mann sind Formen normalerweise wurscht, außer bei Ihnen. Bei Hubert Finidori schlägt mein Mann einen finidorischen Ton an, buckelt und will, dass wir uns feinmachen.

Henri: Was heißt, ich buckle, was heißt, finidorischer Ton, was soll das Gerede? Was soll das Gerede, Sonja?

Hubert: Und was verschafft mir die Ehre dieser Vorzugsbehandlung? – Wohlgemerkt, ich tue so, als bekäme ich die Bosheit nicht mit, die in all dem steckt.

Sonja: Diese Vorzugsbehandlung deshalb, weil mein Mann sich einbildet, Sie könnten ihn in Besoldungsgruppe A befördern lassen.

Hubert: In Besoldungsgruppe A! Sie kennt sich aus, Mann, sie hat sogar den Jargon drauf!

Ines: Hubert!

Henri: Sonja, ich bin fassungslos!

Hubert: Henri ist Forschungsbeauftragter beim I.A.P. und ich Labordirektor in Meudon, was habe ich mit seiner Promotion zu tun?

Sonja: Sie gehören zu einem nationalen Ausschuss, Sie können über die Beförderung von Leuten entscheiden, die nicht zu Ihrem Labor gehören.

Henri: Hubert, ich weiß nicht, was in sie gefahren ist, das ist alles absurd, es tut mir furchtbar Leid.

Sonja: Ein Beispiel für den finidorischen Ton.

Henri: Sonja!

Sonja: Es ist klar, dass Sie nie irgendetwas für meinen Mann tun werden, es bereitet Ihnen Vergnügen zu sehen, wie er schwach wird, Sie haben ihn nur deshalb von diesem Konkurrenzartikel in Kenntnis gesetzt, um zu sehen, wie er den Boden unter den Füßen verliert, und um jede Verantwortung von sich zu weisen für den Fall, dass er sich erlauben sollte, Sie kriechend um einen Gefallen zu bitten. Ihre Perversität widert mich an und ich verachte Ihre erbärmliche Lobbyisten macht.

Ines: Mein Mann hat in »Nature« veröffentlicht, ich wüsste nicht, inwiefern seine Macht erbärmlich ist.

Hubert: Ines, Ines, ich brauche dich nicht, mein Schatz.

Henri: Hubert ist einer der größten Kosmologie-Experten der Welt, es gibt nicht einen einzigen Artikel über die galaktischen Kugelhaufen, der ihn nicht zitiert, was kennst du schon, Sonja! Worüber sprichst du?

Sonja: Er hat gerade gesagt, dass du verdammt bist.

Hubert: Sie ist furchtbar! Ich kann verstehen, dass Sie ein wenig die Orientierung verloren haben, alter Freund!

Henri: Verdammt? Ich bin verdammt?

Sonja: Das hat er gerade gesagt. Dass du verdammt bist und dass man nichts für dich tun kann.

Henri: Wem? Dir?

Sonja: Ihr.

Ines: Hubert sprach von Serge Bloch, du sprachst doch von Serge Bloch, Hubert? …

Henri: Was hat denn Serge Bloch damit zu tun?

Ines: Er hatte zuerst eine Überschwemmung …

Hubert: (unterbricht sie) Machen wir uns nicht lächerlich, Ines, please! Zunächst, Sonja, lassen Sie mich Ihnen sagen, dass Sie besser daran getan hätten, uns im Morgenrock zu empfangen. Das hätte zum einen dem Ungebührlichen dieser Situation die Krone aufgesetzt, vor allem aber hätte es Sie menschlicher gemacht. Ich finde bei Ihnen eine Verbissenheit und ein Ernst, die mit dem Eindruck einer hübschen, schelmischen Frau kontrastieren, den Sie in den ersten Minuten machen.

Henri: Ganz Ihrer Meinung!

Sonja: Ich hätte besser daran getan, die da im Morgenrock zu empfangen?

Ines: Sie hätten besser daran getan, uns überhaupt nicht zu empfangen! Das ist der schlimmste Abend, den ich je erlebt habe! *(Sie macht Anstalten, aufbrechen zu wollen.)*

Henri: Glückwunsch, Sonja! Glückwunsch!

Hubert: Schreiben Sie ihr nicht den Schiffbruch dieses Abends zu, wir haben alle dazu beigetragen. Ines, beruhige dich, mein Engel.

Ines: Nenn mich nicht »mein Engel« und hör auf, den Mann von Welt zu spielen.

Henri: Hubert, seien Sie ehrlich, bin ich verdammt?

Hubert: … Sie sind im Augenblick in einer schwierigen Phase.

Henri: Also bin ich verdammt.

Hubert: Sie sind nicht verdammt, Sie sind von einer anormalen Ängstlichkeit, und Sie sind völlig defätistisch, Henri, Sie müssten sich vielleicht helfen lassen.

Henri: Haben Sie wirklich gesagt, dass ich verdammt bin?

Hubert: Aber nein!

Henri: Habe ich Ihrer Meinung nach noch eine Chance, veröffentlicht zu werden?

Hubert: Selbstverständlich! Vielleicht nicht im A.P.J., aber in A&A. Oder in M.N.R.A.S., warum nicht?

Ines: Ob die Halos flach sind oder nicht, ist Ihnen wurscht, Sie wollen nur eins, veröffentlicht werden.

Hubert: Jeder will veröffentlicht werden, Schatz, genau das ist der Sinn.

Henri: Wenn dieser Artikel abgelehnt wird, bin ich erledigt.

Hubert: Sie sind Forschungsbeauftragter, Sie können Ihren Posten nicht verlieren.

Henri: Ein unkündbarer Versager, das ist das Schlimmste.

Sonja: Als ich Henri geheiratet habe, dachte ich – was für eine Dummheit! –, es sei das Größte, bei den Sternen zu leben, weil das eine gewisse Höhe der Sicht verleiht.

Hubert: Meine Liebe, nichts erhöht und nichts transzendiert. Der Mensch allein entscheidet über das, was er ist.

Sonja: Phantastisch!

Ines: Warum sind Sie so böse auf meinen Mann?

Sonja: Ich bin nicht böse auf Ihren Mann, ich bin böse auf meinen.

Henri: Darf man wissen, warum?

Sonja: Mein Mann kriecht vor dem Ihren. Keine normale Frau kann das ertragen. Umso weniger, als er wegen nichts und wieder nichts vor ihm kriecht.

Henri: Ich krieche absolut nicht! Krieche ich, Hubert?

Ines: Lass uns gehen, Hubert, das ist ja schrecklich.

Henri: Hubert, krieche ich?

Sonja: Du kriechst.

Hubert: Wir sind alle beschwipst …

Sonja: Versuchen Sie nicht zu schlichten, er kriecht vor Ihnen, und Sie finden ein teufliches Vergnügen dabei, was ich verstehen kann.

Ines: Wie können Sie Ihren Mann nur auf diese Weise demütigen?!

Hubert: Ines, halt dich da raus!

Ines: Ich halte mich nicht raus, Scheiße!

Man hört plötzlich ein Lied – voll aufgedreht – das aus dem Kinderzimmer kommt.

Henri: Was ist das?!

Sonja: Rox und Rouky. Du hast ihm Rox und Rouky angestellt. *(Sie läuft schnell ins Zimmer.)*

Ines: Haben Sie ihm das Fernsehen angestellt?!

Henri: Nicht das Fernsehen, eine Mini-Kassette, er darf abends im Bett eine Mini-Kassette hören.

Hubert: Und wenn seine Eltern wollten, dass er fernsieht, würde er eben fernsehen!

Ines: Ich habe nicht gesagt, dass er nicht fernsehen darf!

Hubert: Doch. Du sagst es zwar nicht, aber du denkst es. Du hast eine Neigung, selbst das zu reglementieren, was dich nichts angeht.

Ines: Habe ich gesagt, dass er nicht fernsehen darf?!

Henri: Er sieht nicht fern! Er hört im Dunkeln eine kleine Mini-Kassette!

Sonja: (kommt zurück; man hört keine Musik mehr) Er sagt, dass wir ihn am Schlafen hindern.

Ines: Er hat Recht, wir hindern ihn am Schlafen, lass uns gehen, Hubert.

Henri: Bevor ich Sie gehen lasse, Hubert, will ich wissen, ob Sie der Meinung sind, dass ich krieche?!

Hubert: Sie hindern ihn am Schlafen, Henri.

Henri: (senkt die Stimme) Krieche ich?

Hubert: (ebenso) Ein wenig!!

Henri: Ein wenig!

Ines: Sie haben es gewollt! Und dass Sie kriechen, stimmt! Hubert, ich kann nicht mehr!

Hubert: Es fehlt Ihnen ein wenig an Format, Henri, es tut mir Leid. Man spürt, Sie sind weitschweifig und verstört, Sie sollten bei Ihrer Frau Unterricht nehmen, gehen wir.

Sie gehen ab.
Henri und Sonja bleiben allein zurück.

Abend.

Dasselbe Wohnzimmer.

Sonja sitzt da im Morgenrock. Sie liest Akten.
Henri erscheint. Sanfter Ton.

Henri: Er will einen Keks.

Sonja: Er hat sich gerade die Zähne geputzt.

Henri: Natürlich!

Pause.

Sie ist wieder in ihre Akten vertieft, er steht da, unentschlossen.

Henri: Einen halben Apfel vielleicht?

Sonja: Wo ist der Unterschied zwischen einem halben Apfel und einem Keks?

Henri: … Der Apfel ist nicht so süß.

Sonja: Der Apfel ist sehr süß. Vielleicht noch süßer als der Keks.

Henri: Er hat oft Hunger im Bett, ist dir das schon aufgefallen? Bekommt das Kind nicht zu früh zu essen?

Sonja: Es bekommt um halb acht zu essen, wie ein Kind seines Alters.

Henri: Und wenn man ihm die Zähne danach putzen würde?

Sonja: Nach was?

Henri: Nach dem Keks. Er könnte einen Keks essen und sich hinterher die Zähne putzen.

Sonja: Er kann ja einen Keks essen, kurz bevor er zu Bett geht, das heißt, kurz bevor er sich die Zähne putzt.

Henri: Ja.

Sonja: Es war ein Fehler, dass du ihm den Keks gegeben hast.

Henri: Ich habe ihm nichts gegeben.

Sonja: Doch.

Henri: Die Hälfte eines Fingers. Mehr nicht. Ich bin drakonisch gewesen. *(kurze Pause)* Was soll ich ihm sagen?

Sonja: Was du ihm sagen sollst?

Henri: Soll ich sagen »kein Apfel«?

Sonja: Du hast ihm gerade einen Fingers gegeben. Er wird doch nicht Fingers und Apfel bekommen.

Henri: Ich sage ihm »kein Apfel«.

Sonja: Du sagst ihm »kein Apfel«, du sagst ihm »mach heia«.

Henri: Mach heia.

Er geht hinaus und kommt zurück.

Henri: Sehr lieb. Ich habe ihm Rox und Rouky angestellt. *(eine Pause)* Was bieten wir als Entrée an?

Sonja: Pampelmuse?

Henri: Etwas kümmerlich, oder?

Sonja: Melone mit Parma-Schinken?

Henri: Zum Hammelragout mit Rübchen?

Sonja: (zeigt auf ihre Akten) Hör zu, Henri …

Henri: Melone mit Parma-Schinken. *(nach einer Weile)* Und wie wär's mit Artischocken?

Sonja: Prima.

Henri: Artischocken oder Melone mit Parma-Schinken?

Sonja: Henri!

Henri: Oder Krabbensalat. Das macht mehr her.

Sonja: Krabbensalat. Schön.

Henri: Krabben und Hammelragout… Ja. Findest du Finidori attraktiv?

Sonja: Ich habe ihn kaum zweimal in meinem Leben gesehen.

Henri: Und fandest du ihn attraktiv?

Sonja: Schönling.

Henri: Also attraktiv.

Sonja: Nein, Schönling.

Henri: Wenn eine Frau Schönling sagt, heißt das attraktiv. Es heißt sogar sehr attraktiv.

Sonja: (Sie lacht) So ein Unsinn!

Es klingelt.

Sonja: (leise) Wer ist das?

Henri: Ich werde nachsehen.

Er kommt sofort zurück.
Alles, was folgt, mit leiser Stimme:

Henri: Die Finidoris!

Sonja: Das ist morgen!

Henri: Wir haben den 17. … Es ist heute Abend.

Sonja: Das ist eine Katastrophe.

Henri: Ja.

Sonja: Was sollen wir tun?

Henri: Wir können nicht nicht öffnen.

Sonja: Ich werde mich umziehen.

Henri: Dazu ist keine Zeit mehr, bleib wie du bist.

Sonja: Ich werde die Finidoris nicht im Morgenrock empfangen!

Henri: Ist doch wurscht! Ob sie dich im Morgenrock sehen oder nicht, zu essen kriegen sie so und so nur Chips!

Sonja: Ich öffne nicht im Morgenrock.

Henri: (Er hält sie am Morgenrock zurück, während es von neuem klingelt.) Du hast keine Zeit mehr, dich umzuziehen, Sonja!

Sonja: (versucht sich freizumachen) Lass mich!

Henri: Wie kannst du nur so egoistisch sein?

Neues Klingeln.

***

Ines, Hubert, Sonja und Henri im Wohnzimmer.

Die beiden Gäste knabbern verschiedene kalte Speisen (Chips, Babybel, eine Schachtel Fingers usw. ...), die auf dem Tablett liegen. Sonja und Henri begleiten sie trinkend.

Sonja hat sich umgezogen. Ines hat eine Laufmasche.

Ines: ... Sie ist Alkoholikerin und depressiv. Hubert sagt, das komme aufs selbe heraus, aber man kann Alkoholiker sein, ohne depressiv zu sein, und die Depressiven sind nicht alle Alkoholiker, sie ist beides, sie nimmt Medikamente gegen die Depression und sie trinkt, sie ist zu uns nach Hause gekommen, geschminkt wie ein dummer August, Make-up schlecht aufgetragen, Lippenstift verschmiert, Serge Bloch hinter ihr, lächelt, als sei alles normal, dabei hatten sie gerade eine Überschwemmung gehabt – sie verlangt, kaum sitzt sie, einen Scotch, ich schaue Serge an, keine Reaktion!

(kurzes Schweigen)

Hubert: Was willst du damit sagen, Liebling?

Ines: Ich will zeigen, wie wenig euch an unserer Würde liegt.

Henri: Man kann nicht mit Serge Bloch zusammenleben und nicht depressiv sein.

Sonja: Haben sie eine Überschwemmung gehabt?

Hubert: Bevor sie in die Ferien fuhren, hat das Kind von oben drüber seine Pflanzen gegossen und dann vergessen, den Wasserhahn zuzudrehen.

Ines: Francine hatte gerade ihr Schlafzimmer renovieren lassen.

Sonja: Die Ärmste! Sie hat wirklich kein Glück! *(Sie lacht herzlich.)*

Alle tun es ihr nach. Außer Ines.

Hubert: Und sonst, Henri, wie weit sind Sie mit der Abplattung der Halos? *(Sie knabbern die Fingers.)* Nicht schlecht, dieses Gebäck.

Henri: Ich bin fertig. Ich lege den Artikel noch vor Ende des Monats vor.

Hubert: Toll. Trotzdem, sollten Sie auf Astro PH einmal nachprüfen, es ist mir so vorgekommen, als hätte ich dort eine ähnliche, im A.P.J. angenommene Veröffentlichung gesehen.

Henri: Neu?

Hubert: Heute morgen. »On the flatness of galactic halos«.

Henri: »On the flatness of galactic halos«!

Sonja: (charmant) Hubert, was ist denn in Sie gefahren, Sie werden meinen Mann doch nicht demoralisieren wollen?

Hubert: Meiner Meinung nach, Sonja, bedarf es mehr, um Henri zu demoralisieren.

Ines: Und was ist Ihr Thema?

Henri: Dasselbe. »Are the dark matter halos of galaxies flat?«

Ines: Und das heißt?

Henri: Sind die galaktischen Halos aus dunkler Materie flach?

Ines: Und, sind sie flach?

Hubert: Ines, Schatz, was sollen diese Fragen, du hast doch keine Ahnung davon?

Ines: Ich interessiere mich für Henris Arbeiten.

Hubert: Sie hat sich noch nie für meine interessiert. Sie machen einen gewaltigen Eindruck auf sie, alter Freund.

Henri: Ich bin verdammt.

Sonja: (immer noch leichthin) Henri, ich bitte dich!

Hubert: Gleich so hochtrabende Worte! Ich habe den Abriss flüchtig durchgelesen, er hat sich vielleicht mit den elliptischen Galaxien befasst …

Henri: Hat er eine Beschreibung anhand von numerikalen Modellen gegeben?

Hubert: Möglich.

Henri: Dann spricht er von Spiralgalaxien!

Hubert: Er schreibt vielleicht über die sichtbare Materie, man kennt seine Schlussfolgerungen nicht …

Henri: Ich bin verdammt! Drei Jahre lang veröffentliche ich nichts, und dann kommt so ein Idiot und klaut mir das Thema genau in dem Augenblick, in dem ich meinen Artikel vorlegen will. So was nennt man verdammt!

Das Kind: Papa!

Sonja: Du sollst ihm die Kassette umdrehen.

Ines: Wie alt ist er?

Sonja: Sechs Jahre.

Ines: (zu Henri, der sich anschickt, das Zimmer zu verlassen) Kann ich ihn sehen?

Henri: Kommen Sie.

Sie gehen ab.
Hubert und Sonja bleiben allein zurück.

Hubert: Ich habe genau fünfzehn Sekunden, um Sie zu überreden, diese Woche mit mir zu Mittag zu essen.

Sonja: Fünfzehn Sekunden, das ist mehr, als es braucht.

Hubert: Morgen?

Sonja: Morgen kann ich nicht.

Hubert: Donnerstag?

Sonja: Einverstanden.

Hubert: Werden Sie wegen ihm oder wegen mir kommen?

Sonja: Wegen ihm natürlich.

Hubert: Ausgezeichnet!

Sonja: Warum haben Sie ihm von diesem Artikel erzählt?

Hubert: Eine Inspiration. Um dem Abend Würze zu verleihen.

Sonja: Stimmt es gar nicht?

Hubert: Doch, stimmt.

Sonja: Ist es schlimm?

Hubert: Kommt drauf an.

Er erhascht ihre Hand und führt sie kühn an die Lippen.

Sonja: Worauf?

Hubert: Auf sein Vorgehen.

Sonja: Ich sage ihm alles!

Hubert: Adieu Besoldungsgruppe A!

Sonja: (Sie lacht.) Er hat mich gefragt, ob ich Sie attraktiv finde.

Hubert: Sie haben »sehr« gesagt?

Sonja: Ich habe »Schönling« gesagt.

Hubert: Noch subtiler, bravo.

Sonja: Gelten Sie als attraktiv in Ihrem Kreis?

Hubert: Es gibt wenig Konkurrenz.

Sonja: Schämen Sie sich nicht?

Hubert: Schämen?

Sonja: Hier in meiner Wohnung. Ihre Frau zwei Meter entfernt.

Hubert: In solchen Momenten stecke ich mir die Moral woanders hin.

Sonja: Wohin?

Hubert: Am Donnerstag werden Sie es wissen.

Ines: (kommt zurück) Er hat gesagt »ich will nicht, dass sie in meinem Zimmer bleibt«. Ich habe »guten Abend Arnaud« gesagt, er hat sich nach seinem Vater umgedreht und gesagt »ich will nicht, dass sie in meinem Zimmer bleibt«. Machen Sie sich keine Gedanken, ich habe ebenfalls zwei, dazu Neffen, ich ärgere mich absolut nicht.

Sonja: Henri hat mit ihm geschimpft, hoffe ich

Ines: Ich habe Durst. Gott sei Dank hat Henri nicht mit ihm geschimpft, er schält ihm gerade einen Apfel.

Sonja: Ich kämpfe darum, dass er sich die Zähne putzt, und Henri stopft ihn gleich hinterher voll.

Ines: Das tun alle Männer.

Hubert: Was soll diese stupide Verallgemeinerung, alle Männer! Was erzählst du da, Ines? Ich persönlich habe noch nie jemanden voll gestopft.

Ines: Du machst sie ganz zappelig, das ist noch schlimmer. Er ist imstande genau in dem Augenblick Fußball mit ihnen zu beginnen, in dem sie ins Bett gehen sollen.

Hubert: Einmal habe ich Fußball gespielt, darüber wird sie zehn Jahre lang reden.

Sonja: Sie spielen Fußball? Komisch, so hab ich Sie mir gar nicht vorgestellt, Fußball spielend.

Hubert: Ich spiele nicht Fußball, ich trete hin und wieder mit meinen Söhnen gegen den Ball, Ines nennt das Fußball spielen, wie haben Sie sich mich vorgestellt?

Sonja: Ich hab Sie mir nicht vorgestellt. Ihr Mann ist etwas selbstgefällig, oder?

Ines: Mein Mann liebt es zu gefallen, vor einer hübschen Frau spielt mein Mann gern den Dandy und Verführer.

Hubert: Bekommt dir der Sancerre, Schätzchen?

Henri: (kommt zurück) Ich habe Appetithäppchen gefunden, ich schäme mich wirklich, eine Dose Sardinen ist auch noch da, sollen wir die Sardinen aufmachen?

Hubert: Appetithäppchen, wunderbar. Ich hätte vorher vielleicht nicht die Fingers essen sollen.

Sonja: Hast du ihm einen Apfel gegeben?

Henri: Ich habe ihm einen kleinen Apfel geschält. Er hat Hunger, er hat Hunger im Bett, das ist alles.

Sonja: Du hattest ihm schon einen Fingers gegeben.

Henri: Einen halben Fingers. Wir werden doch nicht wieder mit dieser Diskussion anfangen, Sonja, sie ist für unsere Freunde ohne Interesse.

Hubert: Glauben Sie das nicht, Henri, es ist doch nicht unangenehm etwas von der Privatsphäre eines Paares mitzubekommen.

Henri: Sie hätten an ein weniger durchschnittliches Muster geraten können.

Hubert: Genau das ist ja das Aufregende. Die durchschnittliche Privatsphäre. Man kann seinen Geist nicht immer in den oberen Regionen halten.

Ines: Ich persönlich bin geistig motivierter bei einer Diskussion über die Zweckmäßigkeit eines halben Fingers als über die Abplattung der Galaxien.

Hubert: Der Halos, Liebling.

Henri: Wenn wir dieses Thema aufgeben könnten, wenn wir dieses Thema völlig aus dem Abend heraushalten könnten, wäre ich sehr glücklich.

Hubert: Sie ängstigen sich wegen nichts und wieder nichts, Henri.

Henri: Ich ängstige mich überhaupt nicht, Sie haben mich freundschaftlich über die Existenz paralleler Arbeiten unterrichtet, ich habe das zur Kenntnis genommen, damit ist die Angelegenheit erledigt.

Sonja: Hubert, Sie haben die Pflicht, meinen Mann zu beruhigen. Sie tragen die Verantwortung für seine Verzweiflung.

Henri: Bitte, Sonja, hör auf, mich als einen Kerl hinzustellen, der sich bei der geringsten Kleinigkeit deprimieren lässt und keine Nerven hat, es ist alles bestens, wir haben gerade zwei zukunftslose Themen eliminiert, zwischen dem Apfel und der schwarzen Materie müsste sich doch ein neuer reizvoller Ausgangspunkt finden lassen.

Hubert: Vor einem Monat bin ich für einige Tage zu einem internationalen Kongress nach Finnland gefahren. Ich bin mit den besten Forscherteams der Welt zusammengekommen. Ich habe außergewöhnliche Vorträge miterlebt, ich selber habe einen gehalten, dem das Glück widerfuhr, bedeutend zu sein, ich habe den fruchtbarsten Gedankenaustausch mit großen Koryphäen gehabt, und woran erinnere ich mich? Was hat die stärksten Spuren in meinem Geist, und selbst in meiner Seele – müsste ich nicht fürchten, pathetisch zu werden – hinterlassen? Ein trübseliger, freudloser Ausflug in die Umgebung von Turku. Ich komme mit den größten amerikanischen, englischen, niederländischen Forschern zusammen, der Gedankenaustausch, den wir hatten, war bemerkenswert, und was bleibt? Ein monotoner Marsch an einem grauen Meer entlang.

Pause.

Ines: Darf man wissen, warum du uns das plötzlich erzählst?

Hubert: Ein Echo auf das, was Henri gerade gesagt hat. Ich dachte an die Bedeutung der Dinge. An das, was von Interesse ist und was nicht. Scheinbar leere Stunden bleiben tief eingeprägt, belanglose Worte wirken sich aus auf das Sein. Henri …

Sonja: Henri? … Hubert bemüht sich, ein reizvolles Thema für uns zu finden.

Henri: Sehr reizvoll, ja. Fahren Sie fort.

Hubert: Ich bin fertig.

Eine kurze Pause.

Ines: Wohnen Sie schon lange hier?

Sonja: Eineinhalb Jahre.

Ines: Und vorher?

Sonja: Im vierzehnten Arrondissement.

Ines: Hier ist es besser. Es ist ruhiger.

Henri: Es ist absolut nicht ruhig, in unserer Straße wird ein Parkhaus gebaut.

Ines: Irgendwann wird es fertig sein.

Henri: In zwei Jahren.

Sonja: (Sie lacht.) In einem Monat!

Ines: Darf ich rauchen?

Henri: Wenn es geht – lieber nicht.

Sonja: Was ist denn in dich gefahren, das ist wohl ein Witz! Rauchen Sie, Ines, natürlich.

Hubert: Niemand raucht, warum willst du rauchen!

Sonja: Sie kann sehr wohl rauchen, Henri, sag ihr, dass sie rauchen kann!

Hubert: Wir sind bei Henri, Henri verträgt den Zigarettenrauch nicht, Ines hat überhaupt keinen Grund zu rauchen. Umso weniger, als Rauchen für eine Frau keine Notwendigkeit ist.

Ines: Ich rauche nicht.

Sonja: Ines, ich bitte Sie, rauchen Sie.

Ines: Ich habe keine Lust mehr zu rauchen.

Sonja: Hast du vor, dich den ganzen Abend über so übel gelaunt und flegelhaft zu benehmen?

Henri: Rauchen Sie, es ist mir schnuppe.

Hubert: Henri, ich will ja nicht mit glühenden Eisen in einer offenen Wunde herumstochern, aber Sie müssen doch zugeben, dass der Abend etwas entgleist ist.

Man hört leise ein Lied, das aus dem Kinderzimmer kommt.

Ines: Rox und Rouky!

Henri: Sie haben mich mit Ihrem Spaziergang in Finnland in eine schöne Depression gestürzt.

Ines: Unsere Kinder haben sie auch.

Hubert: Ach ja? Depressionen, warum?

Henri: So wie ich dran bin, Hubert – so lächerlich das auch erscheint – eine Einladung nach Turku reicht schon. Einem Mann, für den der Kongress das Höchste ist, kann der existenzielle Bummel an der Ostsee vollkommen egal sein. Ist das normal, dass er sich um diese Zeit noch eine Kassette anhört?!

Sonja: Du hast sie ihm gerade selber umgedreht!

Ines: Kann er seine Kassette nicht allein umdrehen?

Sonja: Es ist zu faul, um sich aufzurichten.

Ines: Stimmt das?!

Hubert: »Luminous and dark matter in spiral galaxies« war das Thema des Kongresses. Warum haben Sie sich nicht angemeldet?

Henri: Um ein Poster zu präsentieren? Und 24 Stunden daneben zu stehen, wie Serge Bloch in Edinburg?

Hubert: Ihre Arbeiten über die Dynamik der Galaxien sind bekannt, Sie hätten keine Mühe gehabt, eingeladen zu werden, Henri. Die Dynamiker waren in Turku hochwillkommen.

Henri: Geben Sie diesen herablassenden Ton auf. Bitte. Versuchen Sie nicht, mich ständig aus der Patsche ziehen zu wollen.Turku ist mir scheißegal.

Hubert: Sie haben gerade das Gegenteil gesagt.

Henri: Turku ist mir scheißegal.

Sonja: Hör schon auf, Henri, das ist kindisch. Und peinlich.

Henri: Turku ist mir scheißegal.

Sonja: Gut, Turku ist ihm scheißegal, aber ich nehme noch ein wenig Sancerre.

Hubert: Turku ist Ihnen nicht scheißegal, sowenig wie Ihr Artikel oder Ihre Beförderung, Sie finden es schlau – Gott weiß warum –, sich aus Hochmut zu erschießen.

Henri: Es macht mir Spaß, mich vor Ihnen zu erschießen, ich gebe es zu. Noch vor einer Stunde war ich nahe dran, vor Ihnen zu kriechen, jetzt empfinde ich den Rausch der Sinnesänderung.

Sonja: Du hast zu viel getrunken, Henri. Du bist stockbesoffen.

Henri: Was? Darüber solltest du doch froh sein, mein Liebling. Adieu finidorischer Ton. Adieu eingezogener Kopf und hängende Schultern, Adieu serviles Lachen …

Ines: Was ist das, finidorischer Ton?

Henri: Ein Ton, den ich mir angeeignet habe, als ich noch glaubte, Hubert Finidori könne über meine Zukunft entscheiden, bevor er mit einem Tag Vorsprung zu mir nach Hause kam und mir unverzüglich – unverzüglich! – eine beunruhigende Information zukommen ließ, und das auf die verschwommenste, mithin beunruhigendste Weise, bevor er angesichts meiner Verstörung drei kleine Schritte zurückweicht, um mich wieder zur Vernunft zu bringen, und mir zum Schluss, zu meiner endgültigen Vernichtung, in den höchsten Tönen von der Nutzlosigkeit des Erfolgs, der Leere und dem Nichts vorzuschwärmen.

Ines: Dass wir einen Tag zu früh gekommen sind, ist einzig und allein meine Schuld, Henri. Ich habe auf ein loses Blatt Papier Mittwoch, den 17. geschrieben, nun ist der 17. aber ein Donnerstag, und gewöhnlich habe ich donnerstags meine Kurse …

Hubert: Das ist doch wurscht, das ist doch wurscht, das ist vollkommen unwichtig, Ines. Sie sind ein richtiger Künstler, Henri, Sie erschaffen und zerstören die Welt nach Ihren Launen. Sie haben mich in den Rang eines Gönners erhoben, was ich nicht wusste. Ich wusste nicht, dass Sie mir diesen Status auferlegt hatten. Hätte ich es gewusst, hätte ich alles unternommen, um Ihnen meine Machtlosigkeit klarzumachen. Sehen Sie, ich habe das servile Lachen nicht mitbekommen, und ich nahm, ich Idiot, eine freundschaftliche Nuance dort wahr, wo es einen finidorischen Ton gab. Ihre Bitterkeit tut mir Leid, und es tut mir Leid, dass ich mich nicht dafür verantwortlich fühle, denn ich wusste nicht, wer ich für Sie war.

Ines: Du hast alles gewusst, Hubert, und ich habe genug davon, gedemütigt zu werden, sobald ich den Mund aufmache. Mein Mann hat mir vorhin auf der Straße gesagt, dass Henri seine Unterstützung braucht, um Forschungsdirektor zu werden.

Hubert: Ich habe nicht gesagt, mein Liebling, dass Henri meine Unterstützung braucht, ich habe gesagt, aber du warst ja mit deiner Laufmasche beschäftigt (die übrigens immer weiter läuft), ich habe, in einem Gefühl der Sympathie, gesagt, dass ich vielleicht, falls Henri im Laufe des Jahres veröffentlicht, bei seiner Beförderung etwas nachhelfen könnte. Ich habe das gesagt, ohne zu ahnen, dass ich für diese Aufgabe auserkoren war, und ich habe es als Mann gesagt, der sich mit seiner Frau in vertrauensvoller Intimität unterhält.

Sonja: Ihre Unverfrorenheit ist entwaffnend. Gehört das zu Ihrer Verführungskunst?

Henri: Ihrer Verführungskunst, Hubert! Was sagen Sie dazu?

Ines: Du hast gesagt, Henri braucht deine Unterstützung. Und du hast hinzugefügt, dass er und seine Frau einen tiefen Kotau vor uns machen würden.

Hubert: Ich hatte mich geirrt! Sie machen überhaupt keinen Kotau, siehst du.

Henri: Ich mache deshalb keinen Kotau, weil ich leidenschaftlich gern enttäusche, was meine Frau angeht, so zweifle ich daran, dass sie je einen Kotau machen würde, um mir einen Vorteil zu verschaffen. Es sind keine Fingers mehr da, haben Sie die ganze Schachtel gefuttert?

Sonja: Hör auf zu trinken, Henri.

Henri: Ich mag Ihre Krawatte sehr, Hubert, es ist etwas, das mir gleich bei Ihrer Ankunft aufgefallen ist, die Qualität der Krawatte, die so gar nicht zum Ziertuch passt, eine solche Kühnheit ist bemerkenswert, ohne von der Krawatte selbst zu reden, die in unserer Branche selten ist, in der die saloppe Kleidung ebenso üblich ist wie das Du, Sie hingegen, Hubert, sind aus anderem Holz, Haltung, Stil, Distanz, förmliches Sie, Schwermut an der Ostsee … So wenig im Universum zu bedeuten und doch gleichzeitig seine persönliche Note zum Klingen bringen zu wollen, seine unendliche Note im Glockenturm der Zeiten …

Ines: Nun, ich, stellen Sie sich vor – ich habe genauso viel getrunken wie Sie, Henri, also wag ich es – ich glaube keineswegs, auch auf die Gefahr hin, dass alle darüber lachen, aber mein Mann feixt oder seufzt sowieso, sobald ich den Mund aufmache –, unsere Ehe geht den Bach runter, geben wir's doch zu –, ich glaube keineswegs, dass der Mensch ein Nichts im Universum ist. Was wäre das Universum ohne uns? Ein Ort des Trübsinns, der Düsternis, ohne ein Gramm Poesie. Wir haben es benannt, wir, die Menschen haben in diesen Wirrwarr Löcher gegraben, tote Lichter hineingesetzt, die Unendlichkeit, die Ewigkeit. Dinge, die niemand sieht, wir haben sie schwindelerregend gemacht. Wir sind nicht Nichts, unsere Zeit ist zwar unbedeutend, aber wir sind nicht Nichts …

Kurze Stille.

Sonja: Sie haben gesagt, wir würden vor Ihnen einen tiefen Kotau machen? Es tut mir Leid, auf so prosaische Dinge zurückzukommen, während Ines mutig den Versuch unternommen hat, das Niveau der Diskussion zu heben.

Hubert: Tiefer Kotau? Gehört diese Formel zu meinem Wortschatz?

Ines: Du hast tiefer Kotau gesagt.

Hubert: Ich habe tiefer Kotau gesagt, Ines? Was bedeutet denn tiefer Kotau? Servil oder einfach nur höflich, gut erzogen? Ines erdolcht mich aus mir unverständlichen Gründen, sie wirft, und das auf die schroffste, demütigendste Art und Weise, eine aus dem Zusammenhang gerissene Redewendung in die Luft, und ich soll mich dafür verantworten? Werden wir, meine Freunde, in die Erbärmlichkeit abgleiten?

Sonja: Geben Sie diesen schwülstigen Ton auf, Hubert, er amüsiert nur Sie selber. Sie haben gesagt, wir würden einen tiefen Kotau machen, und an dieser Formel, sehen Sie, ist das *wir* besonders ärgerlich. Dass man bei seinem zu Dank Verpflichteten mit einem Kotau rechnet, das verstehe ich, ist es doch genau das, was den Charme des zu Dank Verpflichteten ausmacht, seine Frau jedoch in diese Logik der Unterwürfigkeit mit einzubeziehen, ist ein Irrtum. Ich fand Sie irgendwie geistreich, wie ich gestehen muss, und erwartete nun gerade von Ihnen nicht eine Vulgarität dieser Art.

Henri: Leg auch du diesen Ton ab, Sonja. Was soll dieses affektierte Gehabe? Der Charme des zu Dank Verpflichteten? Der zu Dank Verpflichtete kann dir das Maul stopfen, wenn du so weitermachst!

Hubert: Jetzt rasten Sie aus, Henri!

Ines: Er rastet nicht aus.

Sonja: Was ist in Sie gefahren, Ines?

Ines: Ich habe Sie vorhin gesehen.

Sonja: Wen gesehen?

Ines: Sie beide.

Sonja: Was gesehen?

Ines: Das wissen Sie besser als ich.

Hubert: Ines, komm wieder auf die Erde zurück, mein Engel. Ines kann nicht mehr als ein Glas trinken, danach findet sie sich nicht mehr in den eigenen vier Wänden zurecht.

Sonja: Was gesehen? Sagen Sie es.

Ines: Sie sind zu stark für mich, Sonja, ich bin schnell verunsichert … *(Sie hält Henri ihr Glas hin, der ihr eingießt und sein eigenes Glas leert.)* Danke, Henri.

Hubert: Ich bringe sie nach Hause.

Ines: (zu Henri) Es wird grauenhaft sein im Auto, wissen Sie Henri, hier reißt er sich zusammen, spielt den Gentleman, aber im Auto wird es ein Albtraum sein, können Sie mir ein Taxi rufen?…

Henri: Was gesehen, Sonja? Was hat sie gesehen?

Sonja: Was sie gesehen hat? Ich weiß es nicht! Sie will es ja nicht sagen!

Hubert: Sie hat nichts gesehen, sie hat ein wenig zu viel getrunken und wird jetzt brav nach Hause gehen und sich schlafen legen …

Ines: (zu Henri) Die beiden gleichen sich, derselbe Zynismus, dieselbe Dreistigkeit. Mit Leuten wie ihnen können wir uns nicht messen.

Henri: Bringen Sie mich nicht mit Ihrer Person in Verbindung! Machen Sie nicht den geringsten Versuch, uns in einen Topf zu werfen! Wir leben in gegensätzlichen Welten!

Ines: Das glauben Sie …

Hubert: Lass uns gehen.

Henri: Hauen Sie ab. Bringen Sie Ihre Tussi nach Hause. Hauen Sie ab.

Ines: Ausgezeichnet, Henri! Beschimpfen Sie mich nur mit allen möglichen Namen, ich habe die Schwelle zur Trunkenheit überschritten, ich sehe aus wie eine Zigeunerin, mein Mann ist eine Kanaille, der Abend wird für mich unvergesslich sein …

Hubert: Lass uns gehen.

Ines: Ja, gehen wir, mein Engel, gib mir im Audi den Rest, wir haben einen neuen Audi, Hubert hat ihn schräg geparkt, einen Kilometer von hier, damit er nicht geschrammt wird…

Hubert: Du gleichst Francine Bloch, Ines, du wirst uns doch nicht deine Francine Bloch antun, mein Liebling!

Ines: Ich bin unkränkbar, du kannst ruhig weitermachen.

Henri: Kein Geflenne! Um Himmels willen! Sie werden uns mit Ihrem Kleinbürgergejammer doch nicht die große Schnulze vorspielen wollen. Unkränkbar! Ich schätze das Wort, wohlgemerkt, ein Wort wie geschaffen für mich, eine Entwicklungsstufe erster Ordnung, unkränkbar, hauen Sie ab.

Hubert: Lass uns gehen. *(Er zieht Ines mit.)* Bis bald, Sonja.

Sonja: Auf Wiedersehen.

Hubert: Bis Donnerstag?

Sonja: Ganz bestimmt nicht.

Er lächelt ihr zu.
Hubert und Ines gehen ab.
Henri und Sonja bleiben allein zurück.

Abend.

Dieselben vier (die Finidoris sind angekommen).

Die gleiche Situation. Sonja ist im Morgenrock.
Ines hat keine Laufmasche im Strumpf.
Gelöste Heiterkeit.

Hubert: Wie sähe die große Einheitstheorie aus? Eine vereinheitlichte Theorie der fundamentalen Kräfte. Nun, selbst wenn man sich eine Theorie aller fundamentalen Wechselwirkungen vorstellen würde, wäre man zunächst einmal weit entfernt von einer Theorie der Einheiten, es genügt nicht, alle Zellen eines Elefanten zu untersuchen, um seine zoologische Realität zu kennen, Poincaré, sondern man müsste auch das kosmologische Paradoxon ausschalten! Wie die Welt begreifen, so wie sie ist? Wie den Abstand aufheben zwischen Wirklichkeit und Vorstellung, den Abstand zwischen Gegenstand und Wort, wie heißt das da, Fingers, ausgezeichnet, wie, grosso modo, die Welt denken, ohne da zu sein, um sie zu denken?

Henri: Ein Paradoxon, umso tragischer, als die totale Objektivisierung das große Ziel des Wissenschaftsbetriebs ist.

Hubert: Nach der Religion und der Philosophie läuft jetzt die Wissenschaft hinter der Einheit her. Vergebliches Hinterherlaufen oder gelobtes Land?

Henri: Wer kann das sagen?

Sonja: Was bringt eine einheitliche Theorie?

Hubert: Gute Frage. Sehr gute Frage, ich glaube nicht, dass man in solchen Begriffen reden darf, es geht um

Verlust. Wir trauern einer Welt ohne Trennung nach, wir leben in der Sehnsucht nach einer verlorenen Totalität, einer Sehnsucht, die noch verstärkt wird durch die von der Neuzeit ausgelösten Fragmentierung der Welt.

Henri: Richtig.

Man hört leise ein Lied, das aus dem Kinderzimmer kommt.

Ines: Rox und Rouky!

Henri: Wie kommt es, dass er nicht schläft?

Sonja: Er schläft nicht. Man kann ihn nicht zum Schlafen zwingen. Er hat das Licht gelöscht, er hört seine Kassette.

Ines: Er ist wunderbar. Sehr unabhängig.

Sonja: Ja, sehr unabhängig.

Ines: Sie haben Glück, die unseren sind imstande, vierzehnmal am Abend zu erscheinen.

Henri: Arnaud ist vollkommen autonom. Zu autonom sogar. Ich wäre der Meinung, ihm zu sagen, dass er seine Kassette abstellen soll, Sonjitchka, oder nicht?

Sonja: (steht auf, zu Ines) Wollen Sie ihn sehen?

Ines: Mit Vergnügen!

Sie gehen hinaus.
Hubert und Henri bleiben allein zurück.

Hubert: Na, die Abplattung der Halos?

Henri: Abgeschlossen. Ich lege den Artikel noch vor Ende des Monats vor.

Hubert: Großartig. Trotzdem, Sie sollten auf Astro PH einmal nachprüfen, mir scheint, als hätte ich dort eine ähnliche, im A.P.J. angenommene Veröffentlichung gesehen.

Henri: »On the flatness of galactic dark halos«, stimmt, Raoul Arestegui, ein Kollege, hat mich angerufen, um mich darauf hinzuweisen, ich habe mein Laptop im Büro gelassen.

Hubert: Nicht weit von Ihrem Thema entfernt, ja? Ein Drama, diese Kekse, nehmen Sie sie mir weg.

Henri: Greifen Sie nur zu, ich bitte Sie, ich schäme mich für diese Art, Sie zu empfangen, ganz und gar mein Thema, offenbar die große Mode im Augenblick, eine mexikanische Mannschaft.

Hubert: Die Mexikaner mischen mit, könnte man meinen!

Henri: Könnte man meinen!

Hubert: Unangenehm?

Henri: Ich hoffe nicht. Ich kenne weder ihren Approach noch ihre Schlussfolgerung, Raoul soll mich zurückrufen. Es bestehen gute Chancen, dass wir uns ergänzen.

Hubert: Ja, ja, ja. Selbstverständlich.

Henri: Vertrauen wir der Vielfalt der menschlichen Gehirne.

Hubert: Bravo.

Henri: Ich werde ihre Ergebnisse in meinen Artikel mit einbeziehen müssen. Das ist fast ein Vorteil.

Hubert: Gewiss! Ich finde Sie sehr in Form, Henri.

Henri: Müde, aber in Form, ja.

Hubert: Angenehm, dieses Viertel.

Henri: Sehr.

Sonja erscheint.

Sonja: Er will, dass du kommst.

Henri: Mir wäre lieber, er würde schlafen.

Sonja: Er zeigt Ines seinen Flughafen und er sagt, dass du ihn noch nicht gesehen hast.

Henri: Entschuldigen Sie mich zwei Minuten, Hubert.

Er geht hinaus.
Hubert und Sonja bleiben allein zurück.
Sogleich stürzt sich Hubert auf Sonja und versucht, sie an sich zu ziehen.

Hubert: In diesem Negligé, ungeschminkt, bei Ihnen zu Hause, inmitten Ihrer persönlichen Dinge, wenn Sie mich hätten vernichten wollen, brauchten Sie gar nicht mehr zu zeigen …

Sonja: (Sie lacht und versucht ihm – schwach – zu entkommen.) Sie sind übergeschnappt…

Hubert: (verfolgt sie) Sie sind wunderbar, Sonja, Sie sind verletzend, Sie sind entwaffnend … ich bin nicht gelaufen, ich bin geflogen, ich habe einen Tag im Kalender übersprungen, ich habe die Zeit durcheinander gebracht, um Sie wiederzufinden …

Sonja: Sie haben mich zweimal in Ihrem Leben gesehen … Sie sind betrunken …

Hubert: Ja und? Einmal hätte genügt… *(Er versucht sie zu küssen, es misslingt ihm, sie lacht, flieht, er packt ihre Hand, er spielt.)* Kennen Sie die Ostsee?… Vor einem Monat bin ich im Norden Turkus durch eine kalte, trostlose Landschaft gelaufen, und ich dachte an eine Frau, flüchtig wahrgenommen bei den unglücklichen

Blochs ... *(Es gelingt ihr, ihm zu entkommen, er fängt sie wieder.)* ... ich lief an einem düsteren Meer, an niedrigen, fensterlosen Häusern entlang, und ich dachte unaufhörlich an diese Frau ... welch ein Glück Henri doch hat, Henri ist großartig, Mexikaner haben sein Thema abgehandelt, er tut so, als sei es ihm wurscht, wenn sein Artikel abgelehnt wird, kann ich nichts für ihn tun ... ich liebe Ihre Augen ...

Sonja: Mexikaner? ...

Hubert: Mexikaner.

Sonja: Sie sind hinter der Tür ...

Hubert: Die Mexikaner? ...

Sonja: (Sie lacht und lässt sich fangen.) ... Mein Sohn, Henri, Ines ...

Hubert: Die ganze Welt ist hinter der Tür ... die Welt ist immer auf der anderen Seite der Tür! ...

Er küsst sie. Sie lässt es zu.
Man hört die Stimmen von Ines und Henri.
Sie trennen sich.

Ines: Ein richtiger Architekt, dieses Kind!

Henri: Er will einen Keks.

Hubert: (greift nach der Schachtel Fingers) Hier, hier, diese Fingers sind mein Tod!

Ines: Aber Hubert, sie werden ihm doch nicht eine ganze Schachtel Kekse ins Bett geben!

Henri: Nicht einmal einen einzigen!

Sonja: Gib ihm, was macht das schon, er wird nicht daran sterben.

Henri: Soll ich ihm die ganze Packung geben?

Hubert: Ich habe drei Viertel davon aufgegessen.

Ines: (zu Henri, der sich anschickt, mit der Packung hinauszugehen) Sie machen einen Fehler, Henri.

Henri: Was soll ich tun?!

Sonja: Gib ihm einen Keks.

Henri: Einen einzigen?

Hubert: Es sind wohl höchstens zwei oder drei übrig geblieben.

Henri: Was soll ich tun, Sonja, bevor ich durchdrehe?

Sonja: Gib ihm den Rest, und sag ihm, dass es eine Ausnahme ist.

Henri geht hinaus.

Ines: Er hat mir alles erklärt. In Wirklichkeit hat er einen Flughafenbahnhof gebaut …

Hubert: Ein Terminal.

Ines: Nein, nein, einen Flughafenbahnhof.

Hubert: Das heißt Terminal.

Ines: Ich weiß sehr gut, was ein Terminal ist, Hubert, der Kleine hat einen Flughafenbahnhof gebaut, einen Bahnhof in einem Flughafen, einen Bahnhof mit Zügen, Schienen, die von Landebahnen gekreuzt werden, es ist kein Terminal, es ist ein Flughafen mit Flugzeugen, kombiniert mit einem Bahnhof für Eisenbahnen, ein Flughafenbahnhof! …

Henri: (kommt zurück) Es waren noch zwei Fingers übrig geblieben!

Ines: Was hat Arnaud gemacht? Einen Flughafenbahnhof!

Henri: Einen Flughafenbahnhof, ja.

Hubert: Sehr gut. Warum sich aufregen?

Henri: Wer regt sich auf? Wir verdursten hier. Einen kleinen Schnaps, Hubert?

Hubert: Danke, ich bleibe beim Sancerre.

Henri: (Er schenkt ihm ein.) Sonja? … Ines? … *(Er füllt alle Gläser.)*

Schweigen.

Hubert: Was machen die Blochs? Sehen Sie sie noch?

Sonja: Sie hatten eine Überschwemmung.

Hubert: Eine Überschwemmung?

Sonja: Bevor sie in die Ferien fuhren hat das Kind von oben drüber seine Pflanzen gegossen und dann vergessen, den Wasserhahn zuzudrehen.

Henri: Francine hatte gerade die Wohnung renovieren lassen.

Sonja: Und er hatte gerade eine Depression hinter sich.

Hubert: Er ist depressiv, der Ärmste.

Henri: Ja.

Eine Pause.

Hubert: Als ich ihn das letzte Mal sah, habe ich zu ihm gesagt, hören Sie, Serge, die Depression ist eine Spirale, niemand kann Ihnen helfen, niemand kann etwas für Sie tun, das einzige Mittel ist Wille, Wille und nochmals Wille. Das hat ihn dreifach niedergeschmettert. Es war genau das, was man nicht zu ihm sagen durfte. Er blieb niedergeschlagen, mit einem Schreckensblick, wie ich ihn noch nie gesehen hatte.

Ines: Wenn ich deprimiert wäre und man würde zu mir sagen Wille, Wille, würde ich mich auf der Stelle aus dem Fenster stürzen.

Sonja: Ich auch.

Hubert: Was kann man sonst sagen? Was man auch tut, man gerät ins Hintertreffen. Man kann sagen, Sie, mein Freund, Sie haben eine Länge Vorsprung, Sie haben den Absturz vorweggenommen, bravo, danken Sie dem Schicksal, das Sie im Reich der Versager auszeichnet. Das kann man sagen.

Schweigen.

Henri: Wir sollten ein Abendessen mit den Blochs machen.

Sonja: Hast du noch andere lustige Ideen?

Das Telefon klingelt.
Henri geht dran.

Henri: ... Okay, ich höre ... *(zu den andern)* Raoul Arestegui ... *(zu Raoul)* Ja ... Ja ... Einverstanden ... Ach so? ... Ach so! ... Nein, nein, ich habe die drei äußeren Galaxien behandelt! ... Von wegen! ... Eins zu zehn ... Drei zu vier? Gut, wunderbar ... Danke, Raoul, danke, ich kann jetzt nicht mit dir reden, ich bin mit Freunden zusammen, wir sehen uns am Montag ... Ciao ... *(Er legt auf.)* ... »On the flatness of *Milky Way's* dark halos«! Milky Way! Sie haben die Milchstraße behandelt! ... Die kosmologischen Simulationen ergeben ein Verhältnis von eins zu zwei! Mein Verhältnis ist eins zu zehn! Und die andern, die die Beispiele anhand von numerikalen Modellen beschrieben haben, finden drei zu vier!

Hubert: Toll.

Henri: (in aller Bescheidenheit verrückt vor Freude) Nicht toll, aber ich fühle mich besser! Trinken wir, meine Freunde, trinken wir! Ein Hoch auf die Mexikaner! Sie sterben vor Hunger, oder? Sonja, wo sind die Appetithäppchen, wir hatten doch Appetithäppchen, Liebling?

Sonja: Da.

Henri: Ah, ich hatte sie nicht gesehen! Appetithäppchen mit Paprika, mit Kümmel! Mit Kümmel, göttlich, Ines?

Ines: Nein, danke.

Henri: Hubert, los, los!

Hubert: (Er nimmt sich eine Hand voll Appetithäppchen und hebt sein Glas.) Auf Ihre Veröffentlichung, Henri!

Henri: (Er stößt glücklich sein Glas dagegen.) Er macht sich über mich lustig, aber das ist weiter nicht schlimm!

Ines: (Sie trinkt.) Ich verstehe zwar nichts, aber ich schließe mich an!

Sonja: Ich stoße an und ich küsse dich, mein Liebster!

Henri: Küss mich, meine Liebste! Heben wir das Glas auf den Helden des Tages, den Giganten, der drei Jahre lang nichts veröffentlicht und nun eine Party schmeißt, weil er seinen kleinen Artikel vorlegen kann!

Sonja: Was für eine Eitelkeit!

Henri: Keine Eitelkeit. Koketterie, Sonja. Damit unsere Freunde nicht meinen, ich hätte trotz meiner Erleichterung das Gefühl für Maß verloren. *(Er trinkt.)* Vor allem gegenüber einer Koryphäe!

Hubert: Er macht sich über mich lustig, aber was soll's.

Sonja: Sind Sie kein Koryphäe? Ich wäre enttäuscht.

Henri: Ich habe sie im Finidori-Mythos geschult, aufgepasst!

Hubert: Ich verstehe.

Henri: Milky Way! Warum hat er mir das nicht früher gesagt, dieser Idiot! Ich war schon nahe daran, an Spiralengalaxien, an elliptische Galaxien zu denken! Musik? Wie wär's mit ein bisschen Musik?

Ines: Oh ja, Musik!

Sonja: Keine Musik, Henri! Nein!

Henri: Warum nicht?

Hubert: Er hat Recht, warum nicht!

Henri: (kurze Pause, Henry ist unschlüssig) Nein, es stimmt, es ist blöd, wir werden keine Musik machen.

Ines: Und warum machen wir keine Musik?

Hubert: Er hat keine Lust mehr, Ines.

Sonja: Wir können auch ohne Musik einen guten Abend verbringen, oder?

Ines: Sie sehen plötzlich so deprimiert aus, Henri.

Henri: Ich bin nicht deprimiert.

Ines: Ihr Kind hat ein wunderbares Gebäude gemacht, morgen wird er es zerstören, in seiner Welt behält man die Dinge nicht, da behält man nichts, nicht einmal sich selber ... *(Sie trinkt.)* ... Gießen Sie mir noch ein, Henri, bitte, ich bin plötzlich so mutlos geworden, ich habe sogar Angst, Ihnen den Abend zu verderben ... Er hat mit Papiertaschentüchern Schnee auf die Pisten gemacht ... Über den Bauklötzen sind Stürme und Orkane … Über uns … Was ist über uns? Ach, bringen Sie mich zum Träumen, Sie, der Sie in höheren Sphären leben…

Henri: Ich lebe nicht sehr hoch, Ines … Sogar eher ziemlich niedrig, um die Wahrheit zu sagen.

Ines: Ach so?

Henri: Sie sehen doch. Von einer absurden Freude in eine ebenso absurde Melancholie zu wechseln. Das alles beruht doch auf nichts.

Kurze Pause.

Hubert: Auf jeden Fall, Henri, um auf Ihre Angelegenheit zurückzukommen, wenn Sie bis zum Jahresende veröffentlichen, werde ich es als meine Pflicht ansehen, im Ausschuss von Ihnen zu sprechen.

Henri: Hubert, nichts verpflichtet Sie dazu!

Sonja: Trinkst du nicht etwas zu viel, Henri?

Hubert: Ich werde von Ihnen sprechen, weil Sie ein integerer Mensch sind, Sie haben Talent, aber Sie sind keine kämpferische Natur. Sie besitzen nicht die strategischen Fähigkeiten mancher Ihrer Kollegen. Eine Karriere, das ist ein Schlachtplan.

Henri: So dargestellt, kommt mir das Kotzen.

Hubert: Dann werde ich von Ihnen sprechen, um die Gunst Sonjas zu gewinnen, die mich, wie mir scheint, unsympathisch findet.

Ines: Du glaubst, dass du lustig bist, aber du bist so was von plump.

Sonja: Die Eleganz hätte darin bestanden, meinen Mann zu unterstützen, ohne es ihn wissen zu lassen. Eine kleine Hilfestellung im Verborgenen.

Hubert: Sehen Sie, dass ich Ihnen unsympathisch bin.

Henri: Wer will das letzte Kümmelhäppchen?

Hubert: Essen Sie es, Henri.

Eine Pause.

Henri: Für mich sind die mit Kümmel die besten.

Hubert: Ich habe heute … was denn eigentlich? … Ach ja, die Fingers entdeckt. Merk dir diesen Namen, Ines.

Henri: Sie können sich brüsten, dass Ihnen der beschissenste Empfang Ihres Lebens zuteil geworden ist.

Hubert: Ich möchte diesen Anfall von Missmut verstehen, Henri. Sind wir etwa dafür verantwortlich?

Sonja: Henri will, dass die Dinge geschehen und nicht geschehen. Er will Erfolg haben und zugleich keinen haben, Jemand sein und dann ein Niemand sein. Er möchte Sie, Hubert, sein und zugleich ein Versager, er will, dass man ihm hilft und dass man ihn zurückstößt. So ist Henri eben, Hubert, ein Mensch, der von der Freude zur Melancholie wechselt und von der Melancholie zur Freude, der plötzlich geschäftig wird, mit dem rechten Fuß aufsteht und geschäftig wird und glaubt, das Leben sei voller Verheißungen, der sich schon mit dem Russell- oder Nobelpreis ausgezeichnet sieht, eine aufgeregte Verschwörermiene aufsetzt, und plötzlich, grundlos, sich quält, sich lähmt und statt Eile und Ungeduld nun Zweifel und Ungewissheit, und statt des Verlangens Zweifel und unermessliche Ungewissheit, die Leute sind eben mehr oder weniger gut auf das Leben vorbereitet …

Ines: Ich habe eine Laufmasche im Strumpf.

Henri: Sie war Rechtsanwältin, bevor sie für eine Finanzgruppe arbeitete. Meiner Meinung nach könnte sie für jeden x-beliebigen Verbrecher einen Freispruch erwirken.

Hubert: Du solltest dein Glas hinstellen, Ines.

Ines: Ich bin innerhalb von zwei Stunden verblüht. Wissen Sie, dass Hubert gerade in die Akademie der Wissenschaften berufen worden ist?

Schweigen.

Sonja: Sie sind in die Akademie der Wissenschaften berufen worden?

Hubert: War es nötig, das an die große Glocke zu hängen?

Ines: An die große Glocke hängen ist beleidigend, wir sind bei unseren Freunden.

Hubert: Unseren Freunden ist das wurscht.

Sonja: Ihren Freunden ist das nicht wurscht, Hubert, Ihre Freunde – das Wort ist vielleicht übertrieben –, Ihre Freunde ermessen die Distanz. Sie verneigen sich. Sie wollen sich mit Ihnen freuen, aber …

Henri: Sie freuen sich, bravo, Hubert, was erzählt sie denn da?!

Sonja: Sie freuen sich, ja.

Henri: Wir freuen uns. Die Akademie, was für ein Weg, Hubert! Die Akademie, die wir mit Chips und Appetithäppchen feiern! Wir freuen uns, und selbst, sehen Sie, wenn ich mich heute Abend von einer leichten Einsamkeit heimgesucht fühle, freue ich mich doch aufrichtig über diese Krönung, Hubert.

Hubert: Krönung. Gut. *(Er steht auf.)* Ines. Es ist spät, wir müssen uns verabschieden. *(Ines steht auf.)* Ich werde im Ausschuss von Ihnen sprechen, Henri. Im Verborgenen. Schicken Sie mir Ihren Artikel, noch bevor Sie ihn begutachten lassen.

Ines: Danke für diesen schönen Abend. Es ist Zeit, dass ich verschwinde, ein einziges Glas genügt schon, um mich zu betäuben.

Hubert: Auf Wiedersehen, Sonja …

Sonja: Auf Wiedersehen …

Sie gehen ab.

Henri und Sonja bleiben allein zurück.
Schweigen.

Henri: Schläft er?

Sonja: Es sieht so aus.

Man hört, aus dem Kinderzimmer kommend, die Musik von Rox und Rouky.

»Trois versions de la vie« / »Drei Mal Leben« von Yasmina Reza
wurde am 29. Oktober 2000 im Burgtheater in Wien uraufgeführt.

Inszenierung: Luc Bondy
Bühnenbild: Wilfried Minks
Kostüme: Rudy Sabounghi
Licht: Dominique Brughière
Dramaturgie: Stephan Müller

Es spielten:

Henri: Ulrich Mühe
Sonja: Susanne Lothar
Hubert Finidori: Sven-Eric Bechtolf
Ines Finidori: Andrea Clausen

In unsere Ausgabe des Stücks wurden
– mit freundlicher Genehmigung von Luc Bondy –
einige Änderungen aus der Wiener Spielfassung übernommen.

Umschlag und Gestaltung: PhloxArt
Gesamtherstellung: Pustet in Regensburg

ISBN 978-3-905707-56-4

Libelle Verlag • CH-8574 Lengwil am Bodensee